「俺としたいって
思ってくれたんでしょ？」
「きっ……気持ちいいことを、千隼さんが
中途半端に教えたせいですっ！」

絶対に好きになってはいけない副社長と恋人契約したら同居×溺愛されています

麻生ミカリ

Vanilla文庫Miel

イラスト／三廼

プロローグ　夏夜の満月

短夜《みじかよ》とはいえ、夜は夜。

関東のとある半島、その西部。海に面した別荘地のほど近くに、景色のいいキャンプ場がある。

サマーキャンプに参加していた小学校二年生の桐沢夏乃《きりさわかの》は、夜のトイレに行ったあと、虫の声がする林に誘い込まれた。その日は折しも満月で、夜にしてはあたりが明るかったのも理由のひとつだろう。

林を抜けたところには、別荘地帯があるという。夏乃には別荘の意味がよくわからなかった。母とふたり家族の夏乃にとって、２ＤＫのアパート以外に家はない。別荘なんて、まして聞いたことのない言葉だ。

――どうしよう。帰り道がわからなくなっちゃった。

草いきれと潮《しお》のにおいが混ざった夜の林では、右も左も木しか見えない。空を見上げると、そこには大きな満月がある。

「……おかあさん、おかあさん、こわいよ。帰りたいよ」

自分の声がどこかに吸い込まれていく気がした。母のもとに、もう二度と帰れないかもしれないという不安が、薄い胸いっぱいに広がる。

それは、夏乃が生まれて初めて感じる強い恐怖だった。

前に進むのも、うしろに戻るのも同じくらいにおそろしい。次第に夏乃は一歩も動けなくなり、その場にしゃがみ込んだ。

「おかあさぁん……」

両手で顔を覆《おお》うと、もう満月の光も届かない。

――このまま、ずっと誰も見つけてくれなかったら……。

ガサ、と草を踏み分ける音が聞こえた。

夏乃は体を震わせる。夏だというのに、肌が粟立《あわだ》った。

子どもだって暗い林が危険なことは想像できる。おばけが怖い。だが、野生の動物も危ない。熊が出たら死んだふりを――

「何してるの、こんなとこで」

ぎゅっと閉じたまぶたを透かして、明かりを感じる。声のほうに顔を向けると、暗がりにポッと丸い光が灯《とも》っていた。夏乃より少し年上の男児が、懐中電灯を手にしている。

「……道にまよったの。おにいちゃんは、おばけ?」

問いかけた声はか細く、けれど夜闇の中できいんと響いた。

「おばけが懐中電灯なんて持ってるわけないだろ」

「！　ほんとだ。足もある」

トイレに行ったあとでよかった。ともすれば、声をかけられたショックでもらしてしまっていたかもしれない。

「それに、おばけなんていない」

「ほんとに？」

「いないよ。だからお母さんは出てきてくれないんだ」

よく見れば、少年は目元が赤くなっている。泣いていたのだろうか。

「おにいちゃんのおかあさんはおばけなの？」

「おばけじゃないよ！　お母さんは死んじゃった。でも、おれに会いに来てくれないならおばけなんていない」

「えっと、えっと……」

夏乃は、人が死ぬということを身近に経験したことがない。

保育園のころに、友達の祖父が亡くなった。しかし、そもそも夏乃は自分の祖父母に会ったことがなかった。

「サマーキャンプの子？　何年生？」

えば当然だ。

「にねんせい」

こんなときにピースサインをする自分が、少しだけおかしい。二を表すのだから当然とい
「おにいちゃんは、おかあさんのおばけをさがしにきたの？」

「……違うよ」

――でも、おかあさんが出てきてくれないって言ってた。

少年の言うことは、夏乃には難しい。わかるのは『おばけはいない』こと。それは夏乃にとっては安心できて、彼にとっては寂しいことのようだった。

「おれのお母さんはおばけになんかならなかった」

「うん」

「死んだあと、ちゃんと天国に行ったんだ。だからおばけにならない。会いに来ない」

「うん」

「小学校五年生にもなって、おばけなんか信じてるわけじゃないからな」

「うん……」

近くに立つと、少年は夏乃の足元を照らしてくれる。それからゆっくりと歩き出した。

「どこにいくの？」

「サマーキャンプは毎年やってるから、テントの場所くらいわかるよ」

「えっ、ほんとに？」

――よかった。おうちに帰って、おかあさんにも会える。

そう思ってから、喜んではいけない気持ちになって夏乃はぎゅっと奥歯を強く噛《か》んだ。唇がへの字になり、眉毛が下がる。

「ヘンな顔」

「かの、ヘンじゃないもん」

「かの？　名字？」

「ヘンじゃないよ。ふつうだもん！」

「はいはい」

懐中電灯の明かりに、風で揺れる木の枝がゆらりゆらりと影を落とす。大きな木の影は、やはり少しおばけに似ていた。

キャンプ場が見えると、鼻の奥がツンとする。ひとりで怖かった。知らない少年が助けてくれなかったら、夏乃はずっと林の中にいたかもしれない。安堵ゆえの涙がにじむ。

「……今日は満月だから」

しばらく黙って歩いていた少年が、小さな声でつぶやいた。

「お母さんの指輪を持っていたら、会える気がした。知ってるか？　これ、ムーンストーンっていうんだ」

彼がポケットから取り出した、白く丸い石のついた指輪。まろやかな白さは、月光を浴びて内側から光を放っているように見える。

「むーんすとんってなあに?」

「ムーンストーン。ムーンは月で、ストーンは石。お母さんはこの指輪を、満月の指輪って呼んで大事にしてた。だから、これを持ってたら会えると思ったけど――」

夏乃と同じように、少年の目にも涙がにじんでいた。

「やっぱり会えなかった」

「おにいちゃん……」

テントのほうから「いたぞ」と大きな声がする。参加者の中でいちばん年少の夏乃が行方不明になって、引率の高校生が探していたのだろう。

「おれ、帰る。もう夜に林に入るなよ」

「あっ、おにいちゃん」

ありがとう、と言うよりも早く彼が駆け出した。

そのとき、ビーチサンダルの足が蹴《け》った土と一緒に白いものが転がる。あっと思って飛びつくと、それは少年の母が遺《のこ》したという指輪だった。

「おにいちゃん、まって、おにいちゃん、月の石のゆびわっ」

「夏乃ちゃん!」

追いかけようとした腕を、背後からぎゅっと強くつかまれる。

「夜にひとりでテントを出ちゃダメって言ったでしょ？　林に行ってたの？　みんな心配してたんだよ！」

高校生の班長にそう言われ、夏乃は指輪を手の中に握りしめたままキャンプ場に連れ戻された。

——どうしよう。おにいちゃんのおかあさんのゆびわ、かえさなきゃ……

空には大きな夏の満月。

波音がいつまでも耳の奥に残る夜。

夏乃は、テントに戻ってもなかなか眠れずに球状のムーンストーンがついた指輪を見つめていた。

第一章　偶然と必然の恋人契約

「見てこれ、三雲《みくも》千隼《ちはや》。求人情報誌にインタビュー載ってる」

アラカミニング人材派遣会社の社長室――どう見ても部屋ではないため『社長ブース』で、木嶋《きじま》尋也《ひろや》がふてくされた顔をする。

――いや、今はそんなことより我が社の業績不振の解決方法を考えて、社長！

ツッコミを入れたい気持ちをこらえ、桐沢《きりさわ》夏乃《かの》は目を細めた。

新宿《しんじゅく》西口、都庁方面を少しはずれた通りにある雑居ビルの四階に、夏乃の働くアラカミニング人材派遣会社のオフィスがある。

もとは大学在学中に友人たちと起業した会社だ。当初はマンションの一室で始まったのが、今では新宿にオフィスを構え、正社員六名、契約社員八名を雇えるまでになっている。

アラカミニング人材派遣会社は社名のとおり人材派遣がメイン業務だが、特に女性の雇用について強い意識を持って取り組む企業だ。

それというのも、起業メンバーは大学で女性の貧困問題を研究テーマにするグループだった。同じテーマで調査を進めるうち、自分たちで何かできないかと検討した結果、アラカミニングの起業につながったのである。

何かおもしろいことをやっているぞ、とメディアからの取材が多かった初期。登録者数は右肩上がりに増えていった。女性の社会進出に貢献している企業として名前を売れると思ったのか、当時はアラカミニングにマッチングを希望してくれる大手企業も複数あった。

子どもが小さい時期、母親は仕事を休みがちなところがある。これがひとり親世帯の場合、生活にかかわる大きな問題だ。

しかし、現在の日本で産後に母親が仕事をせず暮らしていくのは安易なことではない。行政的なサポートも、民間的なサポートも、母親の激務をすべて肩代わりすることは不可能だ。

世の中が成熟するにしたがって女性の雇用だけではなく多様性が重視されるようになってきたのに、未だ至らないところは多い。いわゆるダイバーシティ推進は、まだまだ絵に描いた餅である。

いずれアラカミニングの独自性が、世間の当然になっていく。一個人とすれば、それはよりよい社会であり、とてもすばらしいことだと夏乃は思う。とはいえ、アラカミニングの取締役としては、さてこれから自社でどのような方針を打ち出していけるだろうかという大きなターニングポイントでもあった。

「うーん、カノちゃん、こうなったらうちも業務拡大だ！」

「会社でカノちゃんって呼ぶな、社長。それと、このタイミングで業務拡大はありえないから」

「ありえなくないって。ピンチはチャンスって言うしさ。ここで弱気になるんじゃなく、あえて広げていこうよ、あえて」

「倒産しますよ」

夏乃は、にっこりと笑いかける。

「……え、まじで？」

「まじで」

「倒産する？」

「しないわけがないです」

この木嶋尋也という男は、愛すべき無能だ。彼の長所は有能さではない。そして無能は短所ではない。大学時代から、彼は愛嬌だけで周囲を惹《ひ》きつけるタイプだった。ひと言でいえば人たらしの才能がある。だからこそ、アラカミニングを立ち上げるとき、満場一致で彼が社長になった。

尋也には大学のころからつきあっている恋人の理央《りお》がいた。現在の名は木嶋理央。尋也の妻である。

昔から面倒見がよく、地頭も成績もよく、話もうまい。彼女は長年、営業のエースとして会社を引っ張ってきてくれた。七カ月前に双子の男児を出産し、現在、育休の真っ最中。

相手の心をつかむ尋也、人をその気にさせる理央、そこにデータ分析、統計学を得意としていた夏乃が加わり、アラカミニング人材派遣会社を経営してきた。

「っはー、まずい。これはまずいぞ」

尋也が頭を抱える、十六時二十七分、雨降りの夕刻。

アラカミニングの業績不振は、いくつもの要因が重なって起こっている。

「あーあー、これじゃ三雲にまた引き離されちゃうな」

先ほどから尋也が口にする『三雲』『三雲千隼』というのは、国内大手コングロマリットである三雲グループの御曹司のことだ。

三雲グループ社長には三人の息子がいるらしい。その三男が、アラカミニングとほぼ同時期に三雲キャリアプランニングサービスという会社の副社長になった。三雲グループ傘下の人材派遣、転職エージェント企業だ。

以前から尋也は三雲キャリアプランニングサービスをライバル視しているけれど、相手から見ればアラカミニングはまったく敵ではないだろう。

「大手とくらべたって意味ないよ。よそはよそ、うちはうち。できることをコツコツやっていくしかないんだから」

「そんなのわかってる。だけど、最近すごいじゃん、三雲」

尋也が雑誌のインタビュー記事を指し示す。

「社長の顔がいいってだけなら俺もけっこう勝負できると思うんだけどな」

――尋也の人たらしは、顔というより抜けてるところを周囲が放っておけないからだって気づいてないいんだよね。まあ、気づかないところが愛されるおばかさんなんだろう。

なんにせよ、三雲と自分たちでは規模も資金も違いすぎる。尋也だって、ほんとうはわかってているのだ。わかっていても、アラカミニングがうまくいっていない今、成功している企業を羨《うらや》む気持ちはあっておかしくない。

ふと、夏乃は思い出して尋也を見つめる。

「インタビューなら、うちにだって来てるなって」

「えっ、俺に⁉」

「いや、わたしに」

「カノちゃ――桐沢さんにかぁ。俺にも来ないかなー」

ばさり、と尋也の手から雑誌が床に落ちた。

夏乃はそれを拾うと、机の上に戻す。しゃがんだ瞬間、首元からネックレスのチェーンがしゃらりと揺れて襟元に覗《のぞ》いた。

「それでは、わたしはこれで。社長、くれぐれもおかしな思いつきで行動しないでくださいね。何かあったら――」

「わかってるよ。報告・連絡・相談のホウレンソウ！」

「よくできました」

まったくもって社長扱いされていない尋也だが、対外的には感じのいい社長なのだ。適材適所。彼には彼の良さがある。これは、アラカミニングの基本的な考えに通ずるものだ。

誰だって、その人にしかない良さがある。

足りない部分を嘆くより、その人の良い部分をいかした仕事を。

――だとしたら、わたしの仕事は分析だ。データをもとに、どうすればアラカミニングがこの先持ち直していけるかを検討する。

首元にはみ出したネックレスのチェーンを、夏乃はすっと指先で服の中に戻す。

細い鎖《くさり》の先には、リングホルダーを通した指輪がついている。

幼い日にキャンプ先で出会った名前も知らぬ少年が落としていった、満月の指輪だ。

夏乃にとって、いつしか指輪はお守りのような存在になっていた。長年身近にあったことが理由かもしれないし、持ち主のもとに返せない罪悪感の裏返しかもしれない。

ボブの短い髪が肩口で揺れる。毛先にニュアンス程度のパーマをかけた、動きのある髪型が夏乃のお気に入りだ。

背が高いわけでも低いわけでもない。さして美人でも、かわいくもない。

腕と脚は細いけれど、スタイルがいいということもなく。

愛想も仕事上の最低限をぎりぎり上回る程度。

頑として譲らない部分がないとは言わないが、たいていは周囲の意見を参考にし、自分の固定観念を押し通すこともない。

夏乃の人生は一事が万事、凡庸だ。

特別であること、ずば抜けていること、非凡であること。それがすばらしいのを否定するわけではないのだ。ただ、夏乃はそうではない自分を知っている。

知っていれば、期待せずにいられた。

弱虫の言い訳だ。そこまで知った上で、あえて平凡さを受け入れる。自分を、受け入れる。

毎日は、穏やかに過ぎていく。あの夏の日の非日常を遠く離れて。


……—……—……


母は、未婚で夏乃を産んだ。

事情のある相手だったとか、人に言えない実父だとか、そういうことではない。

単に結婚予定だった男性が、入籍前に事故で亡くなったのである。つまり夏乃は父の顔を写真でしか知らないということだ。

父が亡くなったしばらくあと、母は夏乃を身ごもっていることに気がついた。そして、ひとりでも子どもを産んで育てようという判断をしてくれたのだ。そのとき、もしも母が別の人生を選んでいたら、夏乃は今ここにはいなかっただろう。

母と娘のふたり暮らしは、女同士という気楽さと、支柱が一本しかない不安定さを同量に含んでいた。

小学校低学年ごろまで、母は夜になると夏乃の眠る布団の横に寝転び、

「ごめんね、夏乃ちゃん。寂しい思いをさせてごめんね」

と頭を撫《な》で、背をとんとんして寝かしつけてくれた。

当時の母は、運送会社の事務員として働いていた。普通の企業と違い、配送があれば母の帰りは遅くなる。配達員が事務所に戻るまで、仕事が終わらないためだった。

保育所のころには延長保育で最後のひとりになることも多かったし、小学校に入学してからは学童を常に利用する毎日。母ががんばってくれているのは、子ども心にちゃんとわかっていた。だから、寂しいなんて言わなかった。

それでも、母は夏乃が寂しいことに気づいていたのだろう。

風邪をひいて学校を休んでも、母は仕事を休めなかった。ひとりで過ごす日中のアパートは、どこからともなくすきま風が心の中に忍び込んでくる。今ごろ、学校ではみんな一緒に給食を食べている時間だろうか。午後は音楽で、夏乃の好きなリコーダーの発表会がある。

ひとりぼっちの時間。

世界から切り離された、ちっぽけな女の子。

だけど、夏乃は寂しいと口に出さなかった。もしそれを言ったら、母を悲しませる。夏乃を大事にしてくれる母親だ。夏乃の世界でいちばん大好きな母親なのだ。

結果として、夏乃は多くを望まない子どもになった。わがままを言わない、手のかからない子だったわよ、と母はよく言う。

決して裕福な生活ではなかったものの、夏乃の進学資金を貯めておいてくれた母のおかげで大学にも行くことができた。せっかく勉強する機会をもらったのだからと、大学では少しでも社会に貢献できることを学びたかった。

行き着いた先が、アラカミニング人材派遣会社である。

最初は貧困女性にターゲティングしていたが、事業を進めていくにつれてひとり親家庭の父親もまた、母親とは違う困難を抱えていることがわかった。女性よりも他者に助けを求めにくい環境で育ってきた男性が、日本にはまだまだたくさんいる。男だから、男の子でしょ。そんな呪いを受けた彼らに、自分たちはできることがあるのではないだろうか。

誰もが仕事を選び、仕事を楽しみ、余暇を大切な人と過ごす。

そんな社会を目指して、小さな一歩を繰り返すこと。

それがアラカミニングの取り組みの基盤だった。

「桐沢さん、先日インタビューにいらした黒岩《くろいわ》さんから三番にお電話です」

インタビューを終えて十日後、夏乃のところにインタビューにきたネットマガジンの記者から連絡があった。

「お待たせしました。桐沢です」

『先日は大変お世話になりました。ヴァルハライターズの黒岩《くろいわ》です』

「こちらこそ、先日はお世話になりました。記事の効果か、弊社への登録希望者が増えています」

『ありがとうございます。今日は、その記事を読んだ他社から桐沢さんに対談のご依頼をしたいとお話がありましてお電話させていただきました』

——他社から？　わたしに対談の依頼？

自社の宣伝になればという気持ちでインタビューを受けたが、それほど需要のある内容だっただろうか。もちろん、仕事を求める人たちにアラカミニングを知ってもらいたいという気持ちはある。

「対談ですか」

『ええ。三雲キャリアプランニングサービスの副社長、三雲千隼さんたっての希望で桐沢さんとお話したいとのことです』

「三雲、千隼さん」

思わず、その名前を鸚鵡《おうむ》返ししていた。

夏乃は三雲を認識している。だが、彼が夏乃を知っているとは思わなかったのだ。

『今回のインタビューを読んで、とても興味を持たれたそうです。転職サイトのジョブアンバイトで掲載予定の記事になります。こちらはコンビニエンスストアなどで無料配布している求人情報誌にも掲載を検討しているそうで――』

転職サイト、並びに求人情報誌の『ジョブアンバイト』は三雲グループの子会社が管理している。つまり、先方の希望で夏乃に声をかけたというのは真実らしい。

――だけど、どうしてわたしなんだろう。

夏乃は三雲千隼と面識はない。彼に興味を持たれるのも不明だ。

急な指名に当惑するものの、このチャンスをいかさないだけの強い理由はなかった。偶然目の前に落ちてきたチャンスだ。それも、夏乃めがけて降ってきた。

「わかりました。よろしくお願いします」

電話を切ってから、ふうとため息がこぼれる。自分で思っていたより戸惑いは大きかったらしい。

――三雲の副社長と対談なら、あの顔につられて女性読者が多く読んでくれるはず！

とりあえずテーマは双方の仕事に関係することになるはずだ。案ずるより産むが易《やす》し。まずは、ここ数日で増えつつある登録希望者の資料を確認し、面接の予約連絡が速《すみ》やかに行われるのを確認していかなくては。

夏乃の肩書は取締役。

実際、現場にいるときは全体業務のチェックが主な仕事になる。

「桐沢さん、この希望者さんなんですけど」

「はい。どうしたの？」

登録希望者が増えるということは、そのぶんアラカミニングのスタッフたちの作業も増えるということにほかならない。最近は徐々に新規の登録者が減っていたため、急に作業が増えると皆も困惑するだろう。できる範囲でサポートをしていきたい。

「あの、桐沢さん、次いいですか？」

「はい、もちろん」

続いてふたりから質問を受け、夏乃は久しぶりに自社に活気が戻ってくるのを感じていた。

「あの、桐沢さん」

三番目に声をかけてきたのは、インターンで来ている花房媛名《はなぶさひめな》だ。

「花房さん、どうしました？」

「少しお時間をいただいてもいいでしょうか」

――あれ。問題発生かな。

暗い表情の媛名を見て、夏乃は作業の手を止める。

都内の有名私立大に通う彼女は、人材派遣や転職エージェントに興味を持ち、アラカミニングに昨年からインターンを申し込んできてくれていた。やる気があり、物腰がやわらかく、社内でも評判のいいインターン生である。

「わかりました。ここじゃなく、休憩所で話しましょう」

「ありがとうございます」

ふたりで連れ立って、ビルの南側にある自販機コーナーへ向かう。硬いベンチと小さな丸テーブル。たいした設備はないものの、一応社内ではこの場所を休憩所と呼んでいた。

「――それで、何かありましたか?」

夏乃は、常駐している社員や契約社員に対して多少くだけた話し方をするけれど、インターンでやってきている学生には敬語を徹底する。彼らにとって、ここは仕事の場というだけではなく社会人になるための入り口のひとつだ。少しでも社会での立ち居振る舞いを教えてあげたい。

「業務とは関係ないことなんです」

「はい」

この手の相談を受けることも、夏乃にとっては珍しくなかった。結婚後に仕事を続けられるか悩んでいた女性社員、彼女にフラれて落ち込んで仕事にモチベーションがなくなってしまった男性社員、ときには契約社員の子の彼氏の浮気話にも耳を貸す。

社会に出るということは、学生時代の友人と疎遠になる場合もあるからだ。

誰にも打ち明けられず悩みを抱えていて、いいことはない。話すことで自分自身が問題を整理できることもあれば、答えを見つけられることもある。

「恥ずかしながらうちの父はちょっとモラハラ気味で、わたしが仕事をすることに反対しているんです」

――え？　この令和のご時世に、女は働かずに家を守れって……？

「それは、働かなくても暮らしていけるだけの資産があるから、花房さんが働くのが体裁悪いということですか？」

「率直にいえばそういうことだと思います。ただ、わたしは仕事をして自分で生きていける人間になりたいから、アラカミニングにインターンを申し込みました。ここで仕事に触れて、あらためてすばらしい仕事だと感じています」

彼女の言葉は、とても嬉《うれ》しい。

仕事は生活のためだという人もいるだろう。生きていくために仕方なく働く人もいておかしくない。だが、どうせ働かなければいけないのなら、当人が楽しく働くのが何よりだというのが夏乃の考えだ。

「お父さまの考えがどうであれ、花房さんが仕事を楽しんでいるのはステキなことですね」

「はい、わたしもそう思っていたんです」

勢い込んで、夏乃の語尾にかぶせるような媛名の声を聞いていると、では何が問題なのかと思わなくもない。

「でも、縁談があるって言われて……」

「え、花房さんってまだ大学三年ですよね」

「二十一歳です。なのに、大学を卒業したら就職せず結婚しろと言われているんです」

――たしかにそこまで来ると、モラハラというか良家の子女というか。

なかなかにハードな状況なのが伝わってくる。

「さっき、桐沢さんが対談を受けたとお話になっていたのを聞いて気になったんですけど、お相手の方って――」

「あっ、いたいた、桐沢さん。カワカミラベルさんからお電話です」

媛名が話し終えるよりも先に、オフィスから社員が呼びに来た。

「はい。――花房さん、ごめんなさい。またあとで聞かせてもらってもいいですか？」

話の途中で申し訳ないが、カワカミラベルは再来月からの契約社員を希望してくれている新規の取引先だ。

「わかりました。ありがとうございます」

「またあとで、かならず」

その日は、電話のあとも仕事が立て込んでしまい、相談の続きを聞くことはできなかった。彼女は学生で毎日来るわけではないため、次回出社する日に声をかけてみよう。夏乃は、ToDoリストに媛名の名前を記入しておいた。

・・・・・|・・・・・・・・|・・・・・

五月も終わりに近づき、東京はもう冷房が必要な気温だった。

オフィス近隣の街路樹は葉を青々と茂らせている。通勤途中に見上げた空に、飛行機雲。遠くまで長く伸びる白い軌跡を目で追いかけて、夏乃は大きく息を吸う。

今日は、ついに三雲千隼との対談の日だ。

なんの気なしに、胸元の満月の指輪を服の上からたしかめる。お守り代わりの指輪を、こうして指でつかんで確認するのは夏乃の癖《くせ》だった。

――三雲副社長か。穏便に対談が終わるといいな。

ここ数日、尋也の機嫌はすこぶる悪い。

どうして対談に自分が呼ばれなかったのか。わざわざ夏乃を指名するなんて感じが悪い。もしかしたら女好きで、夏乃に興味を持っているのではないか――

そんなことを何度も言ってくるので、こちらとしてもさっさと対談が終わってくれるほうがいい。尋也が悪意で言っていないことはわかっているものの、さすがに連日そんなことを言われているのは面倒だ。

――まあ、それでも我が社の大事な社長なんだから。多少大目に見るけどね。

彼は、アラカミニング設立のときに資金集めに奔走《ほんそう》してくれた。起業の立役者。もしかしたら理央にいいところを見せたかっただけかもしれないけれど、尋也がいなければアラカミニングの立ち上げができていなかっただろうこともわかる。

――きっと、今は何をすればみんなのためになるかわからなくて、尋也も不安なんだろうな。

理央の不在というのは、アラカミニングにとって大きな欠落だ。

しかし、双子の出産後にすぐ職場復帰できるわけではないし、尋也にすれば理央がいない間に会社が傾《かたむ》いただなんて彼女に知られたくないだろう。

夏乃には恋人も結婚相手もいなかったが、好きな人には自分のかっこ悪いところを知られたくない――尋也の気持ちはわかる。

「おはようございます」

雑居ビル四階にあるオフィスに到着すると、朝から冷房の風が涼しい。

「おはようございます、桐沢さん」

「おはようございます」

今日もアラカミニングの皆は、朝から元気いっぱいだ。職場の雰囲気《ふんいき》がいいと、社員の作業効率が上がるという。

——さて、午後は対談だし、まずはたまっている確認作業から……

デスクトップの電源を入れると、夏乃は途中で買ってきたアイスラテをひと口飲んだ。

うまくいかない日というのは、何をやってもどうしようもない。

それが自分の失敗なら、失敗した理由を考えて今後にいかすこともできる。だが、自分の外側で起こる問題は手の施《ほどこ》しようがないのだ。

「ほんとうにすみません、桐沢さん」

「いえいえ、気にしないでください。三雲副社長はお忙しい方でしょうから」

当初の予定では、今日の対談はレンタルオフィスで行うことになっていた。それが先方の都合で、急遽三雲キャリアプランニングサービスに出向くことになったのである。

ちょっと面倒なのは事実だが、それひとつをとってうまくいかない日とするつもりはない。

——問題はうちの社長のほうじゃないかな。

先ほど、予定が変更になったから今日は帰社しないかもしれないと連絡を入れた。SNSのトーク画面には、

『はあ?』

『三雲感じわるくね？』

『あんなやつの予定に合わせることないって』

『我社の取締役を呼びつけるってなんだよ』

このように、だいぶ機嫌の悪いメッセージが並んでいる。

なんにせよ引き受けた対談だ。今さら「じゃあ、やっぱりやめます」とは言えない。

『もう相手の会社つくから、またね』

まだ何か言いたげな尋也をよそに、夏乃はスマホをバッグにしまった。

そして、それから二時間後。

三雲キャリアプランニングサービスの会議室で、ライターの黒岩とふたり、なんとなしに時間を潰し続けていた夏乃は「もういいか」と思う。

さすがに、もういいだろう。

ろくな説明もなく、相手からの呼び出しに応じて、二時間が過ぎたのだ。

――うん、これはわたし、帰ってもいいやつ。

尋也ではないが、三雲千隼への不信感が募る。

別に夏乃は、三雲キャリアプランニングサービスをライバル会社だと思っているわけではない。三雲千隼を毛嫌いしているつもりもない。

だが、社会人として礼儀のない相手に、自分が気を使う必要もないと思うだけだ。

——考えたくないけど、わたしを指名したのはこうして嫌がらせをするため？　だとしたら、三雲副社長って最悪だな。

「あの、黒岩さん」

「はい」

「そろそろ二時間経ちますし、日を改めるということでいかがでしょうか」

「待ってください！　桐沢さんに帰られたら困るんです」

——まあ、困るかもしれませんけどね。わたしも困ってるんですよ。

「キャンセルとまでは言いません。リスケジュールしていただければ」

「今回の対談は先方からのご指名ですので」

「ええ、それは聞いてます」

「あの、わたし確認してきます。もう少しだけ——」

「黒岩さん」

夏乃は怒るでもなく、声を荒《あら》らげるでもなく、静かに記者の名を呼んだ。

「日を改めましょう。それが難しいのであれば、この場で辞退させていただきます」

「え……あ、あの」

「それではわたしはこれで。お先に失礼します」

自分もたいがい大人げない。とはいえ、このままいつまで待てばいいのかわからずに、待っていられるほど暇でもないのだ。

会議室を出て、夏乃はエレベーターホールへ向かう。

雑居ビルにオフィスを置くアラカミニングと違って、三雲グループのビルに本社がある三雲キャリアプランニングサービスはフロアも広い。会議室がふたつ、ミーティングブースが五つ、パーティションで仕切られている。

――あーあ、今日はうまくいかない日だったな。

下行きのボタンを押してエレベーターを待っていると、なんとなく指先が胸元に触れた。服の下に、指輪の形をたしかめる。リングに沿って指を這わせるだけで、ほんの少し気持ちが穏やかになるのを感じた。

――あれ？　なんかいつもと違う？

指先の感触に違和感を覚え、夏乃は襟元からチェーンを引っ張り、指輪を目視する。すると、台座のところにどこで挟まったのか小さな紙ゴミが詰まっていた。

それを爪でつまんでふっと吹き飛ばす。

嫌なことは、こんなふうに捨ててしまえたらいいのに。

ムーンストーンのついた指輪を服の中に戻すと、廊下を急ぐ足音が聞こえてきた。

「桐沢さん、待ってください」

低い声が夏乃の名前を呼ぶ。今さらだが、もしかして――

声のするほうに顔を向ければ、やってきたのは三雲千隼本人だ。

「お待たせしてしまい、ほんとうに申し訳ありませんでした。どうかお詫《わ》びだけでもさせてください」

「いいえ、本日は時間も遅くなってしまいましたので後日あらためて——」

「何かご予定が？」

長身にカジュアルなパーマのかかった黒髪。凛《りん》とした眉は左右対称で、ひたいのすべらかさを強調している。ミステリアスなまなざしを向けられると、なんだか気持ちが落ち着かない。どこからどう見ても、瑕疵《かし》ひとつない美しい男。

——いや、瑕疵はある！　わたしにだって予定があって当然だと考えていないところだ。

実際は、特に急ぎの予定があるわけではないけれど、ここで「何もありません」と答えるほど、夏乃だってお人よしではなかった。

「わかりました。では、外までお送りします」

「結構です」

「どうぞ。お急ぎでしょう？」

なかば強引にエレベーターにうながされ、彼とふたりきりになる。

「え、ちょ……」

——何がしたいの？　怖いんだけど。

うんざりするほどきれいな顔の男とふたり、壁際まで追い詰められた夏乃はエレベーターの中で息を呑《の》んだ。

「すみません。あなたとふたりで話したいことが」

「な、なんですか?」

「急で申し訳ない。私は、あなたに恋人のふりをお願いしたいんです」

「………は、い?」

聞き間違いだろうか。

すらりと長い脚に目を落としていた夏乃は、ゆっくりとスーツをなめて視線を上げる。

——この人、今なんて言った?

「桐沢夏乃さん、あなたに偽装恋人になっていただきたいんです」

ほぼ同じ意味のことを千隼がもう一度言い直した。

夏乃は、唖然《あぜん》として彼を見つめるしかできなかった——

……………——……………——……………

「彼女だ。彼女しかいない。この人ならきっと……」

こんなふうに思ったのは、人生で生まれて初めてのことだと思う。

三雲千隼は、タブレットで読んでいたネット記事をじっと見つめた。

そこには、とある人材派遣会社の取締役を務める女性のインタビュー記事が掲載されている。アラカミニング人材派遣会社。名前は以前から知っていた。女性の雇用に力を入れている企業だ。

『女性が一生仕事をしていく時代です。仕事をするかしないかは、環境要因ではなく本人の意志で決められる。それが成熟した現代社会であってほしいと願ってやみません』

『これから育っていく子どもたちが、父親、母親の働く姿を見て、自分もそうなりたいと思ってくれる社会を目指したいんです。わたし自身、結婚してもこの仕事を続けていきたいと強く思っています。え、結婚ですか？　今のところ予定はありません』

インタビューから伝わってくる彼女は、とても成熟した人物に見える。

桐沢夏乃、二十六歳。

二十九歳の千隼と一緒にいて不思議のない年齢なところもいい。

千隼が今、求めているのは強い女性だ。ただ強いだけではなく、しなやかであってほしい。そして芯があり、何より仕事に誇《ほこ》りを持っている人物。

ずっと、そういう女性を探していた。

三雲グループの社長である父の再婚相手は、このところひっきりなしに千隼に電話してきて縁談を勧めてくる。正直なところ、彼女の相手をしている暇などない。もともと育ててもらったというほどの関係でもなく、大人になってから干渉してこられるのは迷惑だ。

千隼には兄がふたりいる。三人兄弟の末っ子に生まれ、十歳の春に母を亡くした。父が再婚したのは、千隼が高校二年のころ。ゆえに継母に育てられたという認識は持っていない。

兄ふたりはすでに結婚し、三雲兄弟で独身は自分だけ。

昨年から、継母は三雲一族の中で権力を欲するせいか、千隼の結婚に関与しようとしはじめた。具体的には、彼女の影響力がある相手と結婚させようという魂胆らしい。

何度も見合い写真を送りつけられ、会社にまで電話をかけてこられて、千隼はかなり迷惑している。父に話をしてみたものの「おまえが早く結婚相手を自分で見つければいいだけのことだろう」と一蹴《いっしゅう》されてしまった。

二十九歳。結婚を焦《あせ》るほどの年齢だとは思っていない。

兄たちが二十代半ばで結婚したことを思えば、千隼の結婚が遅いと言われるのも仕方がないことかもしれないが、したくなったときが適齢期だ。

とはいえ、継母を放置しておくのも面倒なので、千隼はずっと継母に負けない女性に偽装恋人を演じてもらえないか検討してきた。結婚の予定はない。片手の指で足りないくらいの年数を、仕事ばかりにかまけている。

千隼としては、そもそも結婚願望というものがさして強くないのだ。結婚するもしないも、個人の自由だろう。家庭を持ったから人間として一人前になったと見なすのは古い考えだ。

一生ひとりで生きていくのも悪いことではない。本人がその人生を選ぶなら、他人の口出しは無用である。

――だから、恋人のふりをしてくれる女性を探していた。

この提案に結婚を遠巻きに期待する女性は適合しない。自分の足で立ち、千隼になど興味のない女性が理想だが、運がいいのか悪いのか。彼の顔はとても整っている。そして天下の三雲グループの御曹司で、当人は三雲キャリアプランニングサービスの副社長ときたものだ。

知り合う女性の半分は、千隼になんらかの興味を持ってくれる。残りの大半は決まった相手のいる女性だ。そうなると、特定の相手を持たない女性に声をかけた場合、いっそう面倒な事態に陥《おちい》らないとも限らないのである。

「もしもし、三雲です。アラカミニング人材派遣会社の桐沢さんという方と対談をしたいんですが。ええ、桐沢夏乃さんです。お願いできますか？　それは助かる。彼女のインタビュー記事を拝見して、一度お話したいと思っていたんです――」

同じ業種の会社で取締役をしているとなれば、対談はさほど難しいことではない。対談でなくとも、何かしら仕事の提案を持ってアラカミニング人材派遣会社に出向くことも可能だった。だが、桐沢夏乃が千隼との対談を受けてくれたおかげで、スムーズに彼女と出会うことができる――はずだったのだが。

対談の当日、なんの因果《いんが》かトラブルが続出した。

普段なら副社長である千隼が自ら対処する必要はない。しかしこの日は、三雲グループに関連する相手とのトラブルや、兄の会社とのやり取りで、千隼が動くのが最適解となる問題ばかり立て続けに起こった。

結果として夏乃には出会う前から最悪な印象を持たれてしまっただろう。ひと言でいうなら、悪手《あくしゅ》を打った。

そして、さらに――

「桐沢夏乃さん、あなたに偽装恋人になっていただきたいんです」

言葉を換えて言い直した自分は、よほど焦った顔をしていたに違いない。

彼女のインタビュー記事を見た瞬間、この人だと思った。

たしかに思ったたし、だからこそ対談をセッティングしてもらった。

だが、あくまでそれはファーストインプレッションでしかない。

実際に会ってみたら印象が違う可能性も考慮していた。なんなら、インタビューなんてそもそも本心を語っていないこともあるだろう。

けれど、桐沢夏乃を目の前にしたとき、千隼は心臓が高鳴るのを感じた。

――俺は彼女を知っている。だがどこで？　なぜこんなふうに懐かしく感じるんだ？

どくん、と鼓動が大きく体の中に反響する。

心が動く瞬間。

頭で考えるより早く、心臓が「彼女だ」と告げているようで。

それでいて、彼女と自分の間に起こっている化学反応に似た何かをなんと呼べばいいのかわからない。

あるいは、夏乃は同じことを感じていないということもある。千隼が一方的に、夏乃を特別視しているのか。

なんにせよ、本来もう少しスマートに進めるはずの会話を、結論から口にしてしまった。

それが事実。

「何をおっしゃっているのかわからないんですが……」

エレベーターの中で、見知らぬ男とふたりきりになった夏乃は警戒心を隠そうとしない。

「あなたのインタビュー記事を拝読して、失礼ですが勝手に桐沢さんが私の求める女性だと感じました」

「はあ」

気のない返事に鳥肌が立つ。これこそが自分のほしかったものだ。

顔や肩書や家柄に振り回されない女性。

千隼が今、もっとも必要とする人材が桐沢夏乃だと実感する。

「今現在、少々厄介《やっかい》な縁談を持ち込まれていまして。それを断るために恋人のふりをしていただきたいんです。よろしければ、一度ゆっくりお話をさせていただけませんか？　決して強要したり、強引にことを運んだりはしません」

「いえ、申し訳ないんですがそのお話はお引き受けできそうにありません」

「桐沢さん」

「対談につきましてはあらためて」

エレベーターが一階に到着した。

すげない返事に、いっそう確信を持つ。この人ならば、継母もほかの女性をあてがおうとは考えないだろう。

ほっそりとした体軀に、決して強すぎない印象。

けれど顔立ちは品があり、目尻が下がり気味の優しい顔をしている。先ほどから緊張した表情をしているが、笑ったらきっとかわいらしい。短い髪と細い首。抱きしめたら、千隼の腕の中にすっぽりとおさまってしまいそうな彼女——

「連絡先だけでも交換していただけませんか？」

エレベーターを降りてなお、千隼は追いすがった。

この人を逃したら、継母の言うがまま結婚することになる。そんな気がした。

無論、千隼は継母に従う気などまったくない。夏乃がいようといまいと、自分の結婚を他人に決められる筋合いがないのは同じだ。

——なぜ彼女にだけ、こんなふうに必要性を覚えるんだろう。桐沢さんとは過去にどこかで会っている。どこだ？　思い出せ、俺。

「お願いします。私を助けると思って」

ビルを出たところで、懇願する千隼を見上げて夏乃がかすかに口元を緩めた。

――ああ、笑ってくれた。

「これは人助けなんですか？」

「はい。少なくとも俺は助かります」

わずかにほどけた緊張に、千隼の言葉も和らぐ。仕事中だというのに、プライベートのような気持ちがする。

「わたしの連絡先をおわたしすると、三雲副社長が助かる、と？」

「そのとおりです」

真顔で答えた千隼に、今度こそ夏乃がしっかり笑ってくれた。小さく声をあげ、口元を手で隠す。胸の鼓動が、彼女に聞こえたらいい。そうすれば、千隼が決して冗談で言っているのではないとわかってもらえる。夏乃が笑ってくれるだけで、これほど安心できるだなんていっそう笑われてしまうだろうか。

――笑ってほしい。この人に笑ってもらいたい。

「わかりました。では、連絡先を交換しましょう。ですが、先ほどのお話を引き受けるという意味ではありませんよ？」

「ええ。今日のお詫びも兼ねて何かおいしいものをご馳走させてください」

「それは結構です。仕事ですから」

簡単になびかない夏乃が、スマホを取り出してＳＮＳの友人登録をしてくれる。

そういえば、今日はまだ名刺の交換さえしていなかった――


その夜、千隼は自宅マンションに帰るとすぐに夏乃にメッセージを送った。

短い挨拶と、今日のお詫びだ。

――何をやってるんだ、俺は。

送信したあと、なかなか既読がつかないトーク画面をじっと見つめる。自分の愚《おろ》かさには気づいていた。気づいてなお、彼女以外に頼みたい相手はいないと思った。

夏乃といると、ペースが狂う。彼女の持つ硬質な空気に触れてみたくなる。

――トラブルさえなければ、もっといい出会い方ができた。そういう意味では、今日の俺は全体的におかしい。

普段から、女性に対して積極的に接していくほうではない――と自覚している。むしろ、相手の女性が自分に興味を持っていると感じると、千隼は一歩退《ひ》くほうだ。

それがどうしたことだろう。

夏乃相手だと、手順も態度もまったく違ってくる。

脳が、あるいは本能が、千隼を動かしていた。彼女でなくてはいけないのだと、何かが強く背中を押している。

――それだけ、継母を厄介に感じていたのか。

だからこそ、助け船になってくれそうな夏乃に強い執着を覚えるのかもしれない。

まだろくに話したこともない彼女を、一方的に必要とする自分に、千隼はそう判断を下した。

「よし、返事が来たら食事に誘う。断られたらお茶に誘う。それも駄目《だめ》ならもう一度対談をセッティングしてもらおう。そしてゆくゆくは、桐沢さんに偽装恋人になってもらう」

声に出してみると、自分の愚かさが浮き彫りになる。

三雲千隼は一目惚《ぼ》れを概念でしか知らないため、自分の身に何が起こったのかまだわかっていなかった。


……‖……‖……


――うん、まったく理解が及ばない。

休憩所のベンチに座り、夏乃はスマホでSNSのトーク画面を見つめている。

先日、さんざん振り回された対談相手――三雲千隼から、連日食事やお茶のお誘いが届くのだ。まさかとは思うけれど、彼は自分に気があるのだろうか。

「ないな……」

思わず声に出して否定してしまうのは、千隼がどこからどう見ても女性に好まれる男性の要素でできているせいだ。ただし、謎の執着で夏乃に恋人契約を持ちかけてくるのはいかがなものか。

あのあと、あらためて対談の日程が組まれた。

それについては一度引き受けたものだし、今さら断るつもりはない。いや、できることならあまり千隼とかかわりたくはないけれど、社会人としてアラカミニングの取締役として、やるべき仕事だとわかっている。

問題は、千隼が個人的に夏乃に連絡をしてくる件である。

連絡先を交換したのは、彼があまりに必死だったからほだされてしまった自分が悪い。ぱっと見、不機嫌そうな美形の千隼だ。その彼が「私を助けると思って」連絡先交換をしてほしいだなんて言うから、思わず笑ってしまった。いったいなんの助けになるのやら。

手にした缶コーヒーを飲み干し、ベンチから立ち上がる。

――なんにせよ、個人的に会うのはスルーでいいかな。

そんなことを思ったとき、

「桐沢さん」

媛名が廊下をこちらに向かって歩いてきた。

「お疲れさまです」

「お疲れさまです。飲み物ですか?」

「あ、いえ、その……」

――そういえば、花房さんの話も途中までしか聞いていなかった。相談したいと言っていたのを、あれから時間もとらずにいた。

「先日のお話、その後どうなりました?」

言いにくそうにしている彼女に、夏乃は自分から話を振る。

いかにも女子大生という出で立ちの媛名が、神妙な顔で小さくうなずいた。

「その相手なんです」

「はい」

おそらく、相手というのは彼女の縁談の――

――ん? 縁談って、最近ほかでもそんな話を聞いたような。

「わたしの縁談相手が、桐沢さんの対談相手なんです」

「三雲副社長ということ?」

「そうです」

なるほど、たしかに三雲千隼は縁談を避《さ》けるために恋人のふりをしてほしいという話をしていた。

だが、双方が縁談を望んでいないのなら、見合いの席でどちらかが断ればいい話ではないだろうか。

——それができないのがお金持ちの面倒なところなのかな。名家の生まれも大変そう。

「あの、桐沢さんっ」

「あ、はい」

「桐沢さん、三雲さんを誘惑してくれませんか？」

なぜだ。

先日から、夏乃のところに持ち込まれる話はあきらかにおかしい。

恋人のふりをしてほしいだの、見合い相手を誘惑してほしいだの、普通に考えてそんなことが現実にあるだろうか。

「……ちょっと意味がわからないんですが」

——そもそもこれは、インターン先の上司にする話なのかな！

なんでも相談してとは言うが、それはあくまで相談だ。

しかも、誘惑する相手が三雲千隼ときては夏乃では到底役者不足と思わないのか。

「三雲さんがわたしと結婚する気がないとわかれば、父も納得すると思うんです。わたしの家からでは三雲さんに縁談を断るなんてとてもできなくて……」

しゅんと肩を落とした媛名を見ていると、きついことを言う気にもなれない。

天下の三雲グループ。その御曹司との見合いを、媛名の側から断れないのは当然の摂理だ。話に聞く彼女の父親が断らせないだろうということもわかる。

だが。

「あのね、花房さん。あなたが困っているのはわかりました。でも、わたしが何かできるかといえば、お話を聞くことしか――」

「だって桐沢さん、助け合って生きていく社会を目指してるって言ってたじゃないですか！　わたし、その考えに救われたんです。ここでなら、誰かに助けを求めてもいいんだって思えたんです。わたしのことも助けてください！」

――そこ拾っちゃう？

女性の雇用を推進する上で、さまざまな協力体制が必要なのは事実だ。誰もが助け合い、弱い者を排除せず手を差し伸べて生きていける社会。夏乃が目指す社会と、今回の縁談相手を誘惑してほしいという言い分は共存するのか。

「お願いします！　桐沢さんにしか頼れないんです！」

「はは、は……」

昼から、乾いた笑い声。

夏乃は返事を濁《にご》して、媛名の肩をぽんと叩《たた》いた。

・・・・・┃・・・・・・・・・・・・・┃・・・・・

さて、見合いの双方から「この縁談を回避したい」と頼まれごとをしている中、リスケした対談の日がやってくる。

六月になり、梅雨入りした東京は湿度の高い日が続いていた。この日も朝からの雨で、夏乃は傘を手に対談の場所へ向かう。

ＳＮＳのメッセージではしつこく偽装恋人を頼んでくる千隼だが、対談ではとても常識的で良識ある好青年な意見が多かった。彼には彼の仕事があり、その上で必要な仮面がある。

順当に対談が終わり、スタッフへの挨拶も済ませ、夏乃は考える。

——わたしにできることはない。口出しすることでもない。だけど……

「桐沢さん」

爽やかな夏物のスーツを着た千隼がこちらへ歩いてきた。相変わらず脚が長い。モデル体型というのはこういうことを言うのか。

「本日はありがとうございました。先日の無礼にもかかわらず、あらためてお時間をとってくださったこと、心より御礼申しあげます」

「いえ、こちらこそ。大変有意義なお話を聞かせていただきました」

「ぜひ桐沢さんと話してみたいことでしたので、対談できて光栄です」

目を細める彼の、どこからどう見ても完璧な御曹司スマイルに、夏乃は心の中でため息をつく。

——あー、もう、わかった。わかってる。仕方ない！

彼らには悪意がなく、なぜか偶然どちらも夏乃を頼ってくれているだけだ。千隼も媛名も、相手が同じような画策をしていることさえ知らないのだろう。

そして、ふたりとも同じ問題で困っている。

——だったら、最初からふたりで話し合ってほしいというのが本音だけど。

「三雲さん、もしよろしければ先日の件について一度お話をお聞かせいただけますか？」

先日の件。すなわち恋人のふりをすることを示唆して、夏乃は千隼に微笑《ほほえ》みかけた。

それまでの『三雲キャリアプランニングサービス副社長・三雲千隼』という仮面が、秒で剝《は》がれ落ちていく。

「ありがとうございます。ぜひお願いします！」

キラキラと輝く笑顔で、千隼が夏乃の手を両手でぎゅっと握りしめた。

まったく、指が長くて爪の形が美しく、相変わらず欠点のない人物である。見た目だけは。

・・・・・・┃・・・・・・・・・・┃・・・・・・

人目を気にせず話せる場所へ、と言われて夏乃は何も疑問を覚えずタクシーに同乗した。

彼が六本木のホテル名を告げたときも、そこのティーラウンジあたりで話すのだろうと思っていた。ある意味、夏乃も危機感が足りていない。

そして今。

「話をするだけで、どうして客室に入らなきゃいけないんですか？」

「ゆっくり話せるからです。他意はありません」

「だったら、ラウンジでいいと思います」

「すでに部屋を取ってしまいました。せっかくですから、中でお話しましょう」

客室の前で足を踏ん張る夏乃に、彼は穏やかな声でささやいていた。

――何かの間違いで部屋に入ったらヤられるかもしれない！

男女の機微《きび》に鈍感な夏乃でも、さすがにこの局面で不安を覚えずにはいられない。自己防衛は大事だ。

「心配なら、俺の手脚を縛ってくれても構いません」

「えっ、そこまで……」

千隼がほんとうに困っているなら、余計なことをされる心配はないのか。

――そもそも、三雲さんがわたしに興味を持つはずがなかった。

あまり警戒しすぎるのも自意識過剰と思われる。そう気づいて、夏乃はおとなしく部屋で話を聞くことにした。高級ホテルの客室に興味を持ってしまったのもある。

「わあ……！」

上層階にあるクラブフロアを使える一室。宿泊するわけでもないのにツインルームなのは、テーブルに椅子《いす》が二脚必要だったからかもしれない。正面の大きな窓からは、都内が一望できる。部屋は広く、窓のおかげもあって開放的な雰囲気だ。

室内に見入っていると、千隼が優しい目でこちらを見ているのに気づいた。

――いけない。浮かれてると思われる。

コホンと小さく咳払いをし、夏乃は千隼に向き直る。

「それではお話を伺わせてください」

「飲み物を頼みますが、何がいいですか？」

「えっ、じゃあコーヒー……じゃなくて、フルーツジュースがいいです！」

「わかりました。座ってお待ちください」

ホテルのフルーツジュースは正義だ。生のフルーツを使っているとなお良い。何が入っているか知らないまま注文するのが楽しいし、入っているフルーツを知っていても楽しい。そして何よりたいていおいしい。

数分でコーヒーとフレッシュフルーツジュースが届いた。

そこからやっと本題が始まる。

スーツのジャケットを脱いだ千隼が、ベスト姿でテーブルの向こう側に着席した。肩幅の広さを実感するが、今はそれより重要な話があるはずで。

「私の家については、多少ご存じでしょうか？」

三雲グループ社長の息子であることを指しているのなら、それは知っている。夏乃は首肯し、千隼が肩をすくめた。

「私は三人兄弟の末っ子でして、兄ふたりはすでに結婚しています。母は幼少期に他界し、その後父は私が高校生のときに再婚しています」

「はい」

相槌《あいづち》を打ちつつも、こんなプライベートな話を聞いていいのかと戸惑う。

——まあ、恋人役を頼みたいってことなら詳細を話さないと進まないのかな。でも、そういうのってネットで検索したらプロの代役みたいな人がいそうな気がするけど。

「その継母には子がいないものですから、三雲家で権力を持つために私の結婚に噛《か》んできたいという状況でして」

——なるほど！

事情を聞くと、彼の継母がしたいことのイメージがわく。名家における権力と考えれば、欲する人間がいるのものうなずけた。

「三雲さんって、今おいくつなんですか？」

「二十九です。結婚を焦る年齢でないことはわかっているのですが、兄ふたりが早くに結婚したため、我が家では私が晩婚のように言われるんです」

「そうだったんですね」

この美貌に、三雲家の御曹司という肩書をもってすれば、二十九歳で独身だからと心配されることはないと思う。実際、結婚させようとしている継母も心配しているゆえの行動ではない。

「継母としては、彼女の親戚の娘と私を結婚させたいと」

——それが花房さんなのかな。

「父の妻ではありますし、彼女が三雲家に今現在居場所を確立できていないというのなら、それは我が家の問題だと思っています。ただし権力を握るために私の結婚に関与されるのは迷惑です。一応継母ですので、あまり雑に断るのも体裁が悪いんです」

言葉を選んでいるけれど、かなり率直な気持ちを伝えてくれる。はっきりと全体像が見える話しぶりに、彼の頭の良さを感じた。

「つまりその縁談は、三雲さんの一存では断れない話だということですね」

「ええ、そのとおりです。まして相手は、三雲家からの申し出となれば断りにくい状況でしょう。お互いに望まない者同士が結婚して、幸福になる未来は——絶対にないとは言いませんが、私には想像しにくいです」

当人同士が望まない状況での結婚。

それはたしかに不幸を招きそうな話だ。

――花房さん、断れないって言ってた。まあ、あそこはお父さんがモラハラっぽいという話もあるから、三雲さんとの縁談を回避したところで解決になるかどうかはわからないけど。

「見合いをした上でこちらからお断りするというのも、相手の女性にとって不名誉になっては申し訳ない」

「……優しいんですね」

「優しいというより、三雲家のいざこざに巻き込まれる人間を増やしたくないんですよ」

千隼が困ったように微笑む。

もしかしたら、彼にとって三雲家というのは厄介ごとの象徴なのか。自分の家族に対して、あまり好ましく思っていないのが感じられる。

「それで、恋人がいるから見合いはできないということにしたいんですか？」

「そのとおりです。桐沢さんはお話が早い」

さて、どうすべきか答えを出す前にフルーツジュースをひと口。

マンゴーのねっとりとした甘味が強めで、あとからパイナップルの酸味とパッションフルーツの香りが追いかけてくる。やはり正義の味だった。

——花房さんからの頼まれごともあるし、恋人のふりをするくらいなら……うーん……

ごくり、と喉が動く。冷たい液体が体の中へ流れ込んでいくのが好きだ。少しのとろみと濃い甘さが心地よい。

一気にカラになったグラスをテーブルに置いて、覚悟を決めた。

「三雲さん」

しかし、相手はまだ話が終わっていない顔をしている。これ以上、重要な条件があるのだろうか。

「もちろん、ただで頼むわけではありませんよ。こんな言い方は失礼かもしれませんが、御社への融資は惜しみません」

「えっ……」

特に交換条件を求めるつもりはなかった。

夏乃としては、千隼の頼みだけではなく媛名の問題も一気に解決できるという点で決断している。そう、すでに引き受ける気持ちでいたのだ。

「アラカミニング社さんも、今はおつらい時期でしょう。急場をしのぐための融資ができる程度に、私の準備はあります」

「待ってください。それはなんだか、わたしに身売りしろと言っているような気がしなくもないんですけど……！」

彼の言っているとおり、アラカミニングは危機的状況にある。つらい時期だなんて軽い言葉では済まない。なかなか重傷、まあまあ瀕死。

「身売り、してくれますか？」

千隼がじりっとテーブルに身を乗り出した。

「身売りするつもりはありません。ただし、恋人のふりをするというのはできる範囲でお引き受けしようと思っています」

「ほんとうですか⁉」

テーブルに両手をつき、彼が勢いよく立ち上がる。千隼の頼んだコーヒーがカップの中で波を打ち、カラになったフルーツジュースのグラスの中で氷がカランと揺れた。

「できる範囲でですよ。わたしにだってできることとできないことがあります」

――できないことはけっこうたくさんあるけど、それをいちいち説明する必要はないかな。何しろ、夏乃は恋愛経験０の人生を歩んできている。恋人らしさを求められたら、提供できるものがあるかあやしい。

「それでいいんです。そのままでいてください」

「三雲さん、わたしのことをあまり知らないのに全面的に肯定してくれますよね……」

立ち上がった千隼が、テーブルの脇を歩いて夏乃に近づいてくる。

「あの……三雲さん……？」

顔の上に影が落ちてきた。

照明から夏乃を隠すように、千隼が目の前に立っている。

「三雲ではなく千隼と呼んでください。恋人なのに『三雲さん』では他人行儀です」

「あ、はい。えーと」

深みのある笑顔で、彼がじっとこちらを見つめていた。先ほどまでと、表情が違う。その理由はわからない。

「俺の名前を呼んで」

大きな手が、あごに触れた。

そっと顔を上に向けられ、視線から逃げられなくなる。

「ふ、ふざけないでくださ……」

「夏乃」

名前を呼ばれて、体が硬直した。

それだけではない。千隼が体を傾《かたむ》けて、夏乃に顔を近づけてきている。

「っっ……、三雲さんっ」

「違うよ」

今にも唇が触れそうだった。

ふたりの距離はわずか五センチほど。

――逃げなきゃ。でも逃げられない。どうして？　彼の瞳から、目をそらせない。

「ち……っ、はや、さん！　千隼さん、千隼さん千隼さん千隼さんっ！」

一度呼んでしまえば、抵抗は薄れる。

自棄《やけ》になって名前を呼んで、夏乃ははあはあと息を切らせた。

「これで満足ですか？」

「上出来」

口角を上げた彼が、最後の五センチを一瞬で詰めてくる。

「……っ！」

形良い唇が、夏乃の唇にぎりぎり触れない位置に――つまりは頬にキスをした。

「なっ……」

「これからよろしく、俺の彼女さん」

――三雲さん、キャラ変わってませんか⁉

夏乃は顔を真っ赤にしてパクパクと口を開閉するしかできなかった――

・・・・・┃・・・・・・・・・┃・・・・・

――どうしてこうなったんだろう。

晴れた土曜日の空を見上げる夏乃は、現実逃避に余念がない。

窓で四角く区切られた空。

いつもの自分のマンションから見る空とは、違う空。

それもそのはず、夏乃は今、千隼のマンションのゲストルームにいるのだ。

恋人のふりをすることになった。これは自分がうなずいたのだから、納得している。

あの日、千隼はさらに「同棲していることにしようか」と平然と言い放った。

ほんとうの恋人ではないゆえに、お互いのことをあまりに知らなすぎる。このままでは、恋人と名乗ったところで周囲がふたりの交際を信じてくれるか疑わしい。

だから、同棲。

——いや、なんかもう主導権を完全に握られてるんだよね。

落ち着いて考えれば、彼の言っていることに粗《あら》がないわけではないとわかる。むしろ、かなり粗だらけの作戦だ。

それでもあの声で言われると、妙な説得力が生まれる。千隼の提案を受け入れるしかないのでは、という気持ちになってしまうのだ。

「ラックはどちらに置きますか?」

「あ、向かって左側にお願いします。このあたりです」

本日は、引っ越し日和なり。

夏乃は、引っ越し業者の男性に返事をする。

——男性とつきあったこともないのに、同棲することになるとはさすがに思わなかった。

とはいえ、これも同棲しているふりである。偽装恋人に付随するオプションのようなものだ。真実はどこにもない。取り繕ったところで、彼の継母が諦めてくれるかどうか。

「夏乃、この段ボール、本って書いてあるけど」

業者が持ってきた荷物を見て、千隼が声をかけてくる。

「あ、はい。本です」

「量はけっこうある？」

「その段ボールの下半分くらいですかね」

箱いっぱいに本を詰めると、底が抜けてしまうかもしれない。だから上半分には衣料品を詰めた。

「だったら、リビングの書棚に空きがあるから向こうに運んでおくよ」

「ありがとうございます」

ふう、と長く息を吐《つ》いた。

まだ千隼との会話にも慣れていない。こんな状態で一緒に暮らしていけるのか不安が残る。

フローリングに膝をついて、段ボールの中身を出していた女性スタッフが、

「優しい彼氏さんですね」

と微笑みかけてきた。

一応、引っ越しに際して「彼氏の家に引っ越す」という体裁は整えてある。

「あ、はい。あの、優しい人です」

恋人らしくしなければ。

だが、何がどう恋人らしいのだろう。

——うう、照れくさい。ほんとうの恋人じゃないのに、なんだかすごくむずがゆい！

もとの夏乃の部屋はそのまま残して、必要な荷物だけを運んできた。ゲストルームには、真新しいベッドフレームとマットレスが届いている。ベッドは引っ越しで運ぶのが大変だからと、千隼が新しいものを買ってくれた。

引っ越し業者を頼むのなら、ベッドも運んでよかったのではないだろうか。

「羽毛布団のお届けです」

玄関から声が聞こえて、夏乃は眉根を寄せる。羽毛布団？

「ありがとうございます。こちらに置いてください」

やり取りのあと、しばらくして羽毛布団を抱えた千隼が部屋にやってきた。

「千隼さん、羽毛布団って……」

——縁談がなくなったら、わたしはすぐにここを出ていくんだけど！

わざわざ羽毛布団を買ってもらう理由はない。そういう意味では、ベッドフレームもマットレスも同様だ。そして何より――

「これからの時期使わないですよね？」

六月の梅雨時に、羽毛布団はそぐわない。

「俺は冷房を強めに入れて、羽毛布団をかけて寝るのが好きなんだ」

――地球に優しくない！

「電気代も俺が払うんだから、気にせず使って」

「そうはいきません」

「寒すぎるときは、俺が温めるから心配いらないよ」

「何を言ってるかわかってますか？」

「恋人として当然の権利だ」

何を言っているんだ、この男は――

冷静にそう思う自分もいるのに、人生で初めて恋人としての振る舞いを見せつけられ、頬が熱くなっている自分もいて。

――なんでわたし、照れてるの。恋人のふりなんだから、このくらい普通のはず！　落ち着いて、普通、これは普通。ただのふり。ごっこ遊び！

「片付けが終わったら、引っ越し祝いに食事に行こう」

「は、はい」

「さて、しっかり働かせてもらわなきゃな」

腕まくりした千隼が、引っ越しスタッフに指示を出す。

初対面からずっと、少々おかしな発言をする人という印象だったけれど、こうして見ているとやはり千隼が女性に人気があるだろうことは伝わってくる。

——ほんと、なんでわたしに拘泥《こうでい》したんだろう、この人。


引っ越し業者に荷解きをしてもらうプランを使うのは初めてだったが、夏乃の知る引っ越しの数十倍ラクだったのは言うまでもない。

大方の片付けが終わったところで、千隼に誘われて彼のマンションから徒歩六分のバルへやってきた。

先日の、ふたりで話せる場所＝高級ホテルだった件もあって彼の言う「軽く飲んで食事を」がどのくらいの店かわからず服に悩んだ。

到着した、バル『38℃』は静かな店内にピアノコンチェルトが流れる隠れ家的な店だった。

——大人っぽいお店。

「いらっしゃい、三雲さん」

「こんばんは、今日はふたりで」

「へえ、珍しいね。彼女連れ？」

カウンターの中から声をかけてきた壮年の男性に、千隼が肯定とも否定ともとれる曖昧《あいまい》なジェスチャーをしてテーブル席へ向かう。

店内はレンガ風の壁と、壁に設置されたランプを模した間接照明で、ほわんとオレンジ色の優しい空間になっていた。テーブルは磨き抜いたオーク材。古いソファは思いのほか座り心地がいい。

――ここが千隼さんのよく来るお店なんだ。

おすすめの野菜グラタンとアヒージョ、アルコール度数の低いカクテルを作ってもらい、テーブルの上が賑《にぎ》わった。

「それでは」

彼がジントニックのグラスを持ち上げる。

「新生活に乾杯」

「乾杯、です」

この日、ふたりの偽装恋人生活が幕を開けた。

ある者はたくらみ、ある者は願い、そしてある者は奔走する。

夏乃が思うよりも多くの人の感情を道連れに、恋人のふりは進んでいく――

第二章　恋人のふりって、どこまでですか？

朝、コンビニに寄って昼食用のサラダを買う。

住まいが変わったことを会社に申告していない。そもそもこの偽装恋人生活には、偽装であることを人に明かさない約束がある。いつ終わりが来るかわからないのだから、親に言う必要もない。

「いらっしゃいませ」

レジの順番が来て、財布を取り出しながらふと目が止まる。

――あ、これ対談が載る『ジョブアンバイト』だ。

無料の求人情報誌ジョブアンバイトは、全国のコンビニや書店で配布されている。まだ対談は載っていないだろうが、しばらく手にしたことがなかったので内容を見てみたい。

夏乃《かの》は購入したサラダと一緒に求人情報誌を一冊持って店を出た。

会社に着くと、すでに出社している社員たちから声をかけられる。

「おはようございます、桐沢《きりさわ》さん」

「おはようございます。今日は天気いいですね」

梅雨の合間の晴れた朝、空が明るいと気持ちもあがるものだ。

「あ、それ、対談が載る号ですか？」

「ううん、まだ。たぶん見本誌が届くほうが先じゃないかな」

「ですよね」

ゲラの確認は終わっているので、そのうち掲載されるのだろう。

「三雲《みくも》副社長って、最近顔出し多いんですよね。選挙にでも出るつもりかなあ」

契約社員の女性が、なんの気なしに首を傾《かし》げる。

――選挙か。三雲家の御曹司にはいろんな未来があるんだ。

庶民の夏乃にはわからない、可能性。無論、庶民だって選挙に立候補することはできるだろう。だが、そういうことではない。

「どうなんだろうね。さ、今日もがんばりましょう」

今日は、アラカミニング設立当時からお世話になっている銀行の担当者と会う。今季の経営赤字について、資料を提示し説明しなければいけない。資料の作成は終わっている。夏乃の専門の統計とマーケティングが役に立つ場面だ。

――できることなら千隼《ちはや》さんから融資をしてもらわなくてもやっていけるように。

身売りしたなら、そのぶんの融資はきっちり回収するという考えもある。だが、身売りというほどのことをしているかと言われると悩ましい。

「桐沢さん、大変です」

電話に出ていた社員が、慌てた声で夏乃を呼ぶ。

「どうしたの？」

「社長、食中毒で病院にいるそうです」

「……それは、大変ね」

——尋也《ひろや》、なぜこのタイミングで！

彼は無類の牡蠣《かき》好きだ。まさかとは思うが、この梅雨の季節に牡蠣を食べたのではないと信じたい。

「オイスターバーで、集団食中毒が出たそうなんです」

——やっぱり牡蠣か！

つい重いため息が出そうになるけれど、ここで夏乃が落ち込む姿を見れば社員たちが不安になる。

「わかりました。今日の銀行との打ち合わせは、わたしひとりでだいじょうぶ。社長には、安静にしてもらうよう伝えてください」

「はい」

心の中では悪態をつきながらも、夏乃はぎゅっと奥歯を噛《か》みしめた。

だいじょうぶ、いつだってやってきたことだ。ひとりだろうと尋也とふたりだろうと、資料の数字が変わるわけではない。

――ただ、尋也がいると場が和むんだよね。人たらしには、こういうときに能力を発揮してもらいたかった……

ないものねだりをしたところで現状を打破できないのなら、まずは自分の持っている武器で戦う。夏乃は資料を再度確認し、打ち合わせに備えた。

・・・・・━・・・・・・・・━・・・・・

「ただいま帰りましたぁ……」

へとへとになって帰宅すると、リビングからガーリックとオリーブオイルの香りが鼻先をかすめる。

――う、これは食欲をそそる……！

勝手知ったる他人の家の玄関で、夏乃はぐったりとしゃがみ込んだ。胃を手のひらで押さえる。今日は、緊張の一日だった。疲れた体がおいしいものを欲している。

とはいえ、千隼が自分の分だけ料理をしている場合、おいしそうですね、なんて話しかけるのも何か違う。お腹を鳴らしてリビングへ行くわけにもいかない。

「おかえり、夏乃」

リビングにつながるドアを開けて、腰から下だけの黒いエプロンをつけた千隼が顔を出す。

「ただいまです」

「どうしてそんなところにしゃがみ込んでいるのかな」

「あー、いえ、ちょっと疲れたなあと」

――そしてお腹が減ったなあ、と……

「ちょうどアヒージョができるんだけど、一緒に食べない？」

「食べます！」

思ったよりも大きな声が出た。空腹は、声のボリュームを狂わせる。

「手を洗っておいで。バゲットサンドもあるよ」

「はい！」

子どものように元気よく右手を挙げて、夏乃はパンプスを脱いだ。


テーブルの上には、エビとワイルドマッシュルームとアサリの入ったアヒージョ、トマトソースのロールキャベツ、手作りのピクルスにシーザーサラダ、ローストビーフをたっぷり挟んだバゲットサンドが並んでいる。

「このメニューなら白ワインかな。夏乃は、白と赤どっちが好き？」

ワインセラーを覗《のぞ》く千隼が中腰で尋ねてきた。

「わたしはどっちも好きです。千隼さんは？」

「俺も好きだよ」

振り向いた彼が、爽やかに微笑む。

――ん？　どっちが？

ワインの話だとわかっているのに、妙に心臓が跳ねた。これだからイケメンは罪作りなのだ。

「どっちも好き。夏乃と同じだね」

セラーを開けた彼は、白ワインのボトルを一本取り出す。

仕事から帰ってきて、きちんと料理をする。その時点で千隼が丁寧な生活を送っているのがわかった。

グラスに、とくとくと透明な液体が注がれる。胃がきゅうっと引き絞られ、ワインを飲んだときの感覚を追体験する。

「はい、どうぞ」

「ありがとうございます」

受け取ったグラスの中で、ワインがゆらりと揺らいだ。

彼の作ってくれた料理はどれもおいしく、夏乃は完全に生活力で敗北を喫した。だが、別に勝ちたいわけではない。おいしいごはんが嬉《うれ》しい。

「ところで次の週末って、何か予定はある?」

バゲットサンドを頬張っていると、千隼がワインを注いでくれた。

急いで咀嚼《そしゃく》して、旨味たっぷりのローストビーフとパンを飲み込む。胃に食べ物が落ちていく感覚が幸せで、今日の忙しさをすっかり忘れていた。

「今のところ、特に予定はありません」

急な引っ越しも終わったし、週末はのんびり近隣を散策しようかと考えていたところだ。彼のマンションの周りは、おしゃれなお店が多い。

「だったら恋人の練習を始めたいんだけど、俺と一緒に出かけない?」

「恋人の……」

手にしたバゲットサンドを取り落としそうになって、夏乃は両手に力を込める。今度は力が入りすぎ、中のローストビーフがはみ出した。

——待って、恋人の練習っていったい何をするの?

当惑が顔に出たのか。千隼が「心配しなくてだいじょうぶ」と微笑んでくる。

「この先、夏乃に俺の家族の前で恋人のふりをしてもらうことになるだろ? そのときに、あまりふたりの関係が不自然だとすぐにバレると思う。だから、ふたりで外出したり、食事したり、景色のきれいな場所に行ったり、そういうことをしてお互いに慣れておこうって話だよ」

「な、なるほど」

聞いているかぎり、それは完全にデートだ。

——千隼さんと、デートをするってこと？

恋人のふりというからには、恋人たちがすることを実際にやってみる流れなのだろう。頭ではわかっているのだが、それではまるでほんとうの恋人だ。

「デートってことですか？」

なるべく冷静を装って尋ねてみる。

千隼は軽く眉を上げて、すぐに目を細めた。

「そうだね。まずはデートから始めよう」

「え、まずはって、次が何かあるんですか……？」

警戒した夏乃を、彼が「おや？」と冗談めいた口調で追いかけてくる。

「夏乃が期待してくれるなら、その先に進むのも悪くないと思うけど」

「ちっ、違います！　期待してません。そういう意味じゃなくて！」

「うん、わかってるよ。夏乃にとって俺は、偽恋人だからね」

今まで考えたことはなかったのだが、千隼の声には説得力がある。彼が言う「わかってる」は、ほんとうにわかっているのだと思える。

千隼が「チョコレートは甘い」と言ったら、そのチョコレートはほんとうに甘い。根拠を必要としない説得力を持つ声で「デートから始めよう」と言われるのは、頭でわかっていてもほんとうにデートをして、その先に何かがあるような気持ちになってしまう。言い訳かもしれない。だが、彼の声は特別だった。

「夏乃？」

「は、はいッ？」

考え込んでいたぶん、返事が遅れる。

「だいじょうぶ？　酔った？」

――まだたいして飲んでないけど。

「顔、真っ赤だよ」

頬杖《づえ》をついた彼が、口角を上げてこちらを見つめている。

千隼の言葉はすべて真実になるルールに則《のっと》って、夏乃はますます頬を赤らめた。


……………………


「どうしよう。一応デートだから、スカート……？」

悩んだ結果、シンプルな色合いのコーディネートを選ぶ。もともと夏乃は、あまり明るい色合いの服を持っていない。華やかさに欠ける自分を知っていた。

鏡の前でメイクをしていると、以前より顔色がいいことに気づく。

――健康的な食事のおかげかな。

リップを塗り終えてから、そっと服の中からネックレスを取り出す。

白くやわらかな色をしたムーンストーンのリングを手にとって、じっと見つめる。満月の指輪は、夏乃のお守りだ。これをつけていると安心する。

考えてみれば、見知らぬ誰かの亡き母の残した指輪だ。勝手に持ち続けていることに疑問を持つこともある。けれど夏乃にとって、長く一緒に過ごしてきたこの指輪は大事な相棒のような存在でもある。

「人生初のデートなんだからお守りくらい必要でしょ」

鏡に映る自分にそう言い聞かせ、夏乃は部屋を出た。

マンションのエントランスをあとにし、車寄せの付近に立つと気の早い春の香りが鼻先をくすぐる。雨上がりを思わせる、草木の息吹のような空気。夏乃のつけてきたフローラル系の香水と混ざって、春が一足先にやってきた。

――千隼さんはどうして縁談が嫌なんだろう。

結婚は個人の自由意志に基づくものだ。親に勝手に決められるべきものではないと夏乃も思う。

だが、彼ほどの家に生まれれば政略結婚を受け入れる気持ちがある人もいるのではないか。ましてて千隼は夏乃に恋人役を頼むくらいなのだから、今現在恋人がいるわけではないのだろう。

——特定の恋人を作らない主義ってこともあるのかな。でも、軽薄なタイプの男性にも思えないし……

なんにせよ、これは偽《いつわ》りのデートだ。デートのふりであって、デートそのものではない。頭ではわかっている。それなのに、心のどこかで彼とのデートに喜びを感じている。そんな自分を持て余しているうちに、静かに一台の車が夏乃の横に停車した。

はっと顔を上げると、運転席から千隼が降りてくる。

「こっ……こんにちは」

同じ部屋で暮らしているのに、あきらかに間違った挨拶《あいさつ》だ。動揺してしまったのは、彼がクールなスーツ姿だったせいである。光沢のあるシャツに細いネクタイ、上品なスーツは仕事中とは違う大人のラフな雰囲気《ふんいき》を感じさせた。

——あきらかに釣《つ》り合わない。この人の隣に並ぶには、わたしの格好じゃ場違いだ！　服選びに失敗した！

そんな夏乃の気持ちを察したのか。千隼は何かを考える素振りで二秒ほど沈黙し、すぐに助手席側へ歩いてきた。

「ごめん、出かける前に寄りたいところがあるんだけどいいかな」

「えっ、あ、はい、こちらこそすみません」

「？　何を謝っているんだ」

——場違いな格好で、身分不相応な相手とデートをしようとしていることですよ！

心の中でだけそう言って、夏乃は助手席に乗り込む。

車内は強すぎないウッディな香りがした。エアコンの通風孔にカーディフューザーがセットされている。カー商品の輸入品販売会社に人材派遣をしていたことがある。そのときに希少なフランスの高級カーディフューザーとして見たものだ。

「先に買い物をしてから出かけよう」

「あ、はい」

運転席に乗り込んだ彼が、言葉少なに告げると車を走らせる。

やはり、もう少しフォーマルな服装で来るべきだった。反省する夏乃の隣で、千隼が眉間にしわを寄せていたことに彼女は気づかない。


「……え、えっと」

喫茶店で待っていてほしいと言われて二十分。

夏乃は、思ったよりも早く戻ってきた千隼を前に目を瞠《みは》る。

のである。


「似合わない？」

らしくもない伏し目がちに、彼はそう問いかけてきた。

夏乃が驚いたのは千隼が先ほどまでとは打って変わってカジュアルな服装になっていたからだ。彼と温度差のある服装で来てしまった自分のために、千隼のほうが着替えてくれたのである。

春物のコートをラフに羽織ったコーデに、前髪を軽くあそばせた髪型。

「ごめんなさい。わたしがこんな服装で来たから、気を使ってくれたんですね」

——千隼さんは、強引だけど優しい。きっとほんとうの恋人相手にも、気遣いの人なんだろうな。大切にして、甘やかして、ごはんを作って食べさせて……

「やめてくれ。俺のほうが不調法だった。休日の外出なんて、お偉方とのゴルフばかりだから。きみと出かけるのに程よい服装をはかりかねた」

まるで、今日を楽しみにしていたようにも聞こえる彼の言葉に心が跳ねそうになる。

——違う。そういう意味じゃない。わたしは偽装恋人。これは恋人の練習デート！

「せっかく時間を作ってもらったのに、出鼻を挫《くじ》くような始まりですまない」

「わたしのほうこそ、デートのドレスコードを前もって相談しておくべきでした」

「お互いに同じ家にいるんだから、確認を怠《おこた》ったのはふたりの責任だ。だが仕事中と違って、今日のきみは自然体で普段と違う魅力があるよ」

テーブルに軽く身を乗り出した彼が、春の陽射しに似た笑みを浮かべる。

——破壊力‼

彼は顔立ちが整っている。だが、それだけで異性に魅力を感じるほど夏乃も軽薄ではない。普段は動揺することのない千隼が、ほのかに照れ隠しを感じさせる笑みを見せるなんて思ってもいなかったから驚いたのだ。まして、夏乃はただの偽恋人である。

「予定変更。少し遠出するけどいい？」

「はい。遠出って、今日中に帰るんですよね？」

なんの気なしに尋ねたけれど、夏乃の言葉に彼がぴくりと片眉を上げた。

「帰れないと言ったら？」

「えっ」

ふたりの間に沈黙が訪れる。

——デートって日帰りじゃないの？　一泊だったらそれはもう旅行！　ていうか、恋人の練習ってそういうことも含んでるの⁉

「こら、そんな困った顔するなよ」

大きな手が伸びてきて、夏乃の頭をぽんと撫《な》でた。

「だ、だって千隼さんが……」

「泊まりだとしても、普段となんら変わらないよ。俺たちは同じマンションで暮らしてる」

——そう言われてみればそうなのかな?

納得しかけたところを、彼が「おいおい」と子どもを注意するような声で遮《さえぎ》る。

「こんな言い分にうなずいちゃ駄目だよ。男はずるい生き物だと、夏乃はわかっていないいんじゃない?」

「少なくとも千隼さんは、詭弁《きべん》でわたしを煙《けむ》に巻く人じゃないと思いたいところですね」

「信用されたものだなあ」

小さく笑って、彼が立ち上がった。

「その信頼に応えるよ。今日は楽しい一日にしよう」

差し出された手に、頬がかあっと熱くなる。この手を所在なくさせないためには、慣れた素振りで自分の手を重ねなくてはいけない。だが、いきなりそんな距離感で一日持つだろうか。

夏乃は気合を入れて千隼の手をとった。

「はい。楽しい一日で、恋人らしい振る舞いを心がけましょう」

精いっぱいの強がりは、自分の心を守るためだ。

これが真実の恋人ではなく、偽恋人によるデートだということを忘れないようにしなくてはいけない。

東名高速道路を沼津《ぬまづ》ＩＣで下りると、少しだけ懐かしい気持ちになった。

中学生のときに、遠足で千本浜《せんぼんはま》海岸と修善寺《しゅぜんじ》へ行ったことがある。あのときは、バスだった。隣の席の友人と、車酔いしないようにずっと話していた。

「静岡《しずおか》はたまに仕事で来るんだ。道はわかるから安心して」

「静岡支社があるからですね」

「そうだ。よく知っているなあ」

ライバル会社のことはそれなりに情報も入ってくる。

「支社は一応全部確認してますよ。うちの社長は三雲さんのところをライバルだと思ってますから」

「ははっ」

急に、千隼が小さく笑い声をもらした。

「笑うことですか？」

「いや、木嶋《きじま》社長にニアミスするといつも睨《にら》まれるのはそういう理由かと思って」

「どうせそちらからすれば、うちなんてライバルにもならない小さい会社ですよ」

「そんなことは思ってないよ。むしろ、愛情のある会社だなと思って見ていたんだけどな」

「愛情……」

「人と人をつなぐのはなんだと思う？」

「え、急ですね。うーん、信頼、かなあ」

「俺は愛だと思ってるんだ」

「ロマンチストなんですね？」

「リアリストだよ。現実を知っているからこそ、金で人は動かないというところにたどり着いた」

「ふむ……？」

「夏乃」

駐車場に到着し、彼が夏乃の名前を優しく呼んだ。

「仕事の話をした俺が悪かった。俺たちに必要なのは現実じゃなく、ロマンのほうだね。ここからは恋人としてよろしく」

まじめな表情でそう言われて、一瞬勘違いしそうになる。これは千隼なりの冗談なのか。

「わかりました。じゃあ、千隼さんの話をもっと聞かせてください。公私どちらも」

「そうだね。車を停めてからでいいなら」

彼はスムーズな運転技術で車を駐車スペースに入れる。

運転免許を持っていない夏乃の目には、車を運転する男性というのは少しだけ特別に見えていた。

大きな公園の立体迷路を出ると、そろそろ夕暮れが近づく時間になっていた。

「すごかったですね、迷路」

少し冷たくなった指先を、口元に当ててはあっと息をかける。

「ああ。あれで子ども向けだというのは信じがたいなあ」

ほかの参加者たちは親子連れが多かったが、ぽつぽつとカップルの姿もあった。自分たちも、人から見れば恋人同士に見えるのかもしれない。そう思うと、なんだか気恥ずかしい。

千隼が連れてきてくれたのは、伊豆《いず》にある大きなレジャー施設だ。名前こそ公園とついているけれど、いくつもアトラクションがあって一日では回れないほどに広い。

巨大立体迷路のほかに、幼児向けの遊具エリアやパークゴルフのコース、園内を移動するジップラインアドベンチャーなどもあった。

「日が暮れてきました」

西日に、夏乃は手で庇《ひさし》を作る。

恋人のふりはうまくできているだろうか。彼を失望させていなければいいのだが。

「実はもうひとつ、やってみたいことがあるんだ」

「なんですか？」

「まだ秘密」

ひそやかな笑みが西日に染まる。

「行こうか」

彼がごく自然に夏乃の手を引いた。

――こういうの、千隼さんにとってはきっとなんてことないんだろうな。

しかし、夏乃には初めてのことばかりだった。デートも、手をつなぐのも、生まれて初めてだ。

触れる手のひらが汗ばんでいないか、そればかりが気にかかる。ときどき風にのって感じる、彼の大人っぽい香り。肩のあたりに夏乃の顔が近づくと、千隼が香水をつけているのがわかった。

「あの、千隼さん」

「ん？」

「やってみたいって、もしかして……」

到着したのは、プールとも人工の池とも見える水場だ。

そこにいくつもの大きなバルーンが動いている。バルーンの中には人間が入っていて、少しくぐもった笑い声があちらこちらから聞こえていた。

「ウォーターバルーンだよ。やったことは？」

「ありません。というか、初めて見ました。何これ、すごいですね！」

直径三メートルはありそうな、巨大バルーン。それが水上に浮いて、中の人たちが歩いたり転げたり寝そべったりしている。

人たちだ。

ひとり用ではないらしく、バルーンの大きさによって定員が異なるようだが複数人が入っているのだ。つまり千隼は、あれに一緒に入ろうと言っている。

「あの……」

「いやか？」

「いえ、そうではなくてですね。あのバルーンって密閉されてるんですか？」

夏乃の不安は、中に水が入ってくることだ。船が浸水するのと同じで、バルーンも中に水が入ってきたら沈んでしまうだろう。

――わたし、泳げないんですよ！

「見たかぎりでは密閉されているかな。そうじゃないと、沈みそうだしね」

「しっ……沈むのは困ります！」

真剣に言い募る夏乃を見て、彼が楽しそうに笑った。

「もしかしてきみは泳げない？」

「そうですよ。一生泳げない予定です」

学生時代の夏乃が、水泳の授業でどれほど悩んでいたか彼は知らない。

「心配いらない。俺は水泳は得意なほうだよ」

「そうなんですか？」

「ああ。こう見えて元水泳部だからね」

彼が中学高校と水泳部だったことを初めて知る。広い肩幅はその名残なのかもしれない。

「何かあったら、俺がきみを守るよ」

「……っっ」

不意打ちの優しい声に、胸が震える。鎖骨の下あたりが、ぎゅんと痛くなる。

「何かあってからじゃ困るんですよ……」

「リスクマネジメントがしっかりしている。そういう慎重さは大事だ」

「じゃあ、」

危険なアトラクションはやめましょう、と言いたい気持ちを、周囲の耳を気にして飲み込んだ。

「だが、大人だけじゃなく子どもも問題なく楽しんでいる。つまり危険はないということだと納得してもらえる？」

「ええ……？」

さて、その後。

どうやってバルーンの中に入るのか当惑していた夏乃は、長いファスナーで開けられた内側に千隼とふたりで入り、スタッフたちに密閉される。この時点で妙に緊張したが、すぐに専用の送風機でバルーンが球体状に膨らまされた。

「ち、千隼さん、バランスが」

「いざとなったらつかまってくれ」

「ほんとうですね!?」

「俺は嘘《うそ》をつかないよ。きみにはね」

スタッフがゆっくりとバルーンをプールのほうへ押しやる。すると、かすかに沈むような感覚があり、次いで奇妙な浮遊感が訪れた。

「う、浮いてます……！」

「浮かなかったら困るって」

「あっ、待って、動く、っていうか揺れる！」

バルーンは水面を転がるように移動する。当然ながら、中の夏乃たちも足を動かさないと立っていられない。

――そうだ。バルーンの内側に背をつければバランスがとれるんじゃないかな。

そう思ったのもつかの間、やってみるとすぐに無理だと身にしみてわかった。背中をつけていた面に体重がかかり、そちらにバルーンが転がってしまうのだ。

「ひゃあっ、ま、待って、転ぶ！　転びます、ムリです！」

「ほら、こっち」

「ううう」

手を引かれ、そのまま彼の胸に抱きとめられる。

透明なバルーンの中の出来事は、外から丸見えだ。さっきまで夏乃もほかの人たちを見ていたからわかる。

──こんな公開ラブシーンみたいな！

「きゃあっ⁉　千隼さんっ！」

「ああ、一箇所にかたまるのもバランスが悪いな」

ふたり揃ってバルーン内で尻もちをつき、千隼が片膝を立てて夏乃に笑いかけてきた。

膝をついたバルーンの底は、水の冷たさを伝えてくる。けれど、そんなの気にならない。

目の前で無邪気《むじゃき》に笑う彼が、少年のような表情を見せる。

たった数分間のウォーターバルーン体験だ。

もしかしたら最初で最後かもしれない。夏乃はえい、と気合を入れて立ち上がる。

「あっ、わっ」

しかし、一度くずしたバランスは簡単に戻るものでもないらしい。またもすぐに転びかけ、千隼が両手で支えてくれる。

「ほかのみんな、うますぎませんか？」

「きっと協力プレイが必要なんだ」

「わかりました。協力しましょう！」

少しずつコツがわかってくる。そうすると、今度は楽しくて仕方がない。

苦手な水の上だということも忘れて、夏乃は何年ぶりかと思うほど笑っていた。

終わってみれば、とても短い時間だった。もっと長くウォーターバルーンを楽しみたい気持ちになったが、もしかしたら密閉空間ということもあり、酸欠になる可能性があるから時間が区切られているのかもしれない。

地上に戻ると、なんだかまだ体がぐらぐらと揺れているような気がする。地に足がついている状態のほうが、水上にいるよりも不安定に思うのだから人間の感覚なんて当てにならない。

「おもしろかったですね」

「夏乃があんなに大きな声を出すのは、初めて聞いた」

「そっ、そこじゃないですよ？」

「俺にとってはそこが大事」

「……なんだか、今さら恥ずかしくなってきました……」

夕日が沈んでいく。楽しかった一日が、穏やかに終わりを迎える。

わずかな寂寥《せきりょう》感を胸に、夏乃は千隼を見上げた。

「俺は嘘をつかない」

「どうして今、それをもう一度言うんです？」

「きみがかわいいせいだよ」

まったくつながりのわからない会話に、夏乃はほんのりと頬を染めた。きっと夕日の色で隠れている。気づかれないでいたい。こんなふうに彼の言葉で一喜一憂してしまう自分を。

・・・・・・┃・・・・・・・・・・┃・・・・・・

「あー、もう！　マジか！　またかよ！」

社長ブースから尋也の声が聞こえてくる。

内容を聞かなくても、その言葉から何があったのか想像がついた。

――きっとまた、仕事で千隼さんに何か先を行かれたんだろうなあ。

イライラしたところで相手とアラカミニングでは資本が違う。比較するだけ無駄《むだ》だと言いたいが、尋也だって頭ではわかっているのだろう。

それでも気になるのだから、彼にとって三雲キャリアプランニングサービスは天敵、あるいはライバルなのだ。

夏乃は席を立つと社長ブースに近づき、パーティションの上から声をかける。

「仕方ないよ。相手はうちとスタートからぜんぜん違ったんだから」

「そりゃそうだ。だからこそ、うちはうちの良さがあるんだろ？　それをさ、大手にこんな細やかな企画やられたらこっちは太刀打ちできない」

「対抗しなくてもいいんだって。うちにはうちの良さがあるんでしょ？」

――千隼さんが融資を検討してくれても、尋也がこれじゃ受けられるかな……

銀行から新規の借り入れはできなかった。先日の打ち合わせの時点で、今回は難しいとはっきり言われている。

千隼との偽恋人生活がいつまで続くか、終わりははっきり決まっていないけれど、とりあえず尋也には絶対に気づかれるべきではない。バレたら何を言い出すかわかったものではないからだ。

「ほら、社長、落ち着いて。今日はこのあと、イベントの打ち合わせに顔を出さなきゃいけないんだから。社長の人たらし能力を発揮して、会場のテント、いい場所確保しよう！」

転職フェアのイベントに、アラカミニングもマッチング会社として参加することが決まっている。

「……三雲の副社長も来るんじゃないの」

「相手は副社長！　尋也は社長だからね？」

夏乃の言葉に、単純な尋也はぱあっと表情を明るくした。

「それもそうか。そうだよな！　俺、社長だもんな！」

――この程度で元気になれる尋也はすごいよ……

「そうそう！　うちの最大の宣伝力は社長の顔よ！」

「えー、それもそうか。顔だけなら負けてないしな？」

それについては言及せず、夏乃は笑顔でごまかした。

打ち合わせに行く準備をしていると、尋也によく似た面差《おもざ》しの青年がオフィスに顔を出す。

尋也の弟の雅也《まさや》だ。

「ちーっす、夏乃ちゃん、久しぶり」

「雅也くん、どうしたの。珍しいね」

雅也は一時期、アラカミニングでアルバイトをしていたこともある。少々、風来坊《ふうらいぼう》な気質があって、ときどきオフィスにやってくるものの、会うたびに見た目の印象も職業も違っていた。

「兄貴、お茶しない？」

「俺、これから打ち合わせに出るんだよ」

「えー、じゃあ、自販機でいいからさ」

「仕方ないな」

尋也と雅也が休憩所へ向かうと、媛名《ひめな》がぱたぱたと夏乃の席へ走ってきた。

「あ、あの、桐沢さん、さっきの方って……」

「社長の弟さんです。以前、アラカミニングで働いていたのでたまに顔を出すんですよ」

「そうなんですね！」

——んん？　なんというか、花房《はなぶさ》さん、目がキラキラしているような……？

ふたりは顔立ちの似た兄弟である。ただ、雅也のほうが自由人なこともあり、ちょっと危険な魅力があるといえばある。

箱入りの媛名が惹《ひ》かれるのもわからなくはないが、あまりおすすめできない理由を夏乃は知っていた。

——とはいえ、いきなり「雅也くんはやめておいたほうがいいよ」なんて言えないからなあ。

そんなことを考えて準備を終えたところに、尋也がひとりで戻ってくる。

「雅也くん、なんだって？」

「はー、いつもどおりだよ。小遣いせびっていきやがった。理央には秘密ね」

「いろいろ複雑だからね。黙っておくよ」

「まったく、弟なんて面倒ばっかだよ。いつになったら大人になってくれるんだ！」

尋也の嘆きに、夏乃は苦笑してぽんと背中を叩《たた》く。

「とりあえず、打ち合わせ行きましょうか、社長」

予想どおり、打ち合わせの場には三雲キャリアプランニングサービスから副社長の千隼が参加していた。イベントとなれば、見栄えがよくて三雲グループの御曹司の彼が出てくるのはわかっていた。

——あそこの会社、社長は影が薄いしね。

おそらく社長は名ばかりの存在で、実質的に千隼が会社を仕切っているのだろう。

「桐沢さん、木嶋さん、お疲れさまです」

複数社の代表が集まった打ち合わせが終わると、千隼はまっすぐに夏乃のところへやってきた。

——え、え、なんでいきなり？

隣に立つ尋也の顔をこっそり確認し、夏乃は引き攣《つ》った笑みを浮かべる。

「三雲副社長、ご無沙汰《ぶさた》しています。御社もご参加されるんですね」

「ええ、そうですね。アラカミニングさんは——」

「大変申し訳ありません。実はこのあと急ぎの用件がありまして。イベント当日は、どうぞよろしくお願いいたします！」

千隼が何か言いかけるのを、強引に切り上げて尋也の袖をつかむ。

「社長、行きましょう。遅れるとまずいですよ」

「え、ああ、うん……？」

「それでは三雲副社長、失礼いたします」

そそくさと打ち合わせの会議室を出て、夏乃は小さく息を吐《つ》いた。

──千隼さんは、何を考えてるの！　こんな同業者ばかりの場所で声をかけるなんて、仕事中は恋人のふりとは関係ないはずですけど⁉

ぐいぐい引っ張られてついてくる尋也が、不満げに「なんだよ、あれ」と言い出した。

「あれって？」

「三雲のやつ、俺の名前覚えてるんじゃん。やっぱり、俺のことは無視できなかったんだな！」

不満なのかと思いきや、まんざらでもない様子の尋也に、夏乃は頭を抱えたくなる。

──尋也の三雲副社長嫌いは、実は憧れの裏返し……？

だとしても、やっぱり千隼と同棲していることは絶対に知られたくないと思う夏乃だった。

・・・・・┃・・・・・・・・・・┃・・・・・

帰宅すると、いつも機嫌のいい千隼がリビングのソファにぶすっと座っていた。

「ただいま、です」

相手の機嫌がどうだろうと、挨拶しないわけにもいかなくて。

夏乃は声をかけると、さっさと自分の部屋に戻ろうとする。

「ねえ、今日のあれはどういうつもり？」

「どういうって……」

けれど、千隼は夏乃を逃がす気はないらしい。

「俺は、ビジネスの場で夏乃に挨拶すらさせてもらえないってこと？」

たしかにこちらの感じが悪かったのは認める。けれど、同業他社とそこまで親しくする必要もないだろう。千隼からすれば別かもしれないが、尋也は三雲キャリアプランニングサービスをライバルだと思っている。

「あの場で、わたしたちが親しいほうが不自然ですよ。ちょっと対談しただけの、基本的には他人なんですから」

なるべく客観的にふたりの関係を見た上でそう言ったけれど、彼には不満だったようだ。

「……きみは、優しい顔をしてけっこう残酷だね」

「もう、冗談やめてください。そんな、ほんとうの恋人みたいな言い方――」

冗談にするしかない。千隼が何を思ってこんな話をしているのかわからないが、ふたりは偽恋人なのだ。

「今の夏乃は、俺の恋人だろ？」

「恋人のふりですよ」

「関係ない。ほかの男の前で、俺を無視するなんて許さない」

何が起こったのか、思考が追いつけない。

気づいたとき、夏乃はソファの上に押し倒されていた。手にしていた仕事用のバッグがフローリングに落ちる。

「ち……はや、さん……？」

首筋にぞくりと不安がこみあげた。見上げた天井を背景に、彼は無感情な素振りでこちらを凝視している。

「ほ、ほら、冗談はやめてください。って、これ言うの二度目ですね」

両手をばらばらに伸ばして、彼の体を押し返そうとした。腰を跨《また》がれているので、身を捩《よじ》って逃げることは不可能だ。

「俺は冗談なんて言っていないよ。俺を男だと思えないなら、きちんと認識してもらう。それだけの話だからね」

抗《あらが》う手が、たやすく彼につかまれる。左右の手首をひとまとめに頭上に縫い付けられ、千隼が冗談を言っているわけではないと気づく。

体がかすかに震えた。

誰にも触れられたことのない——男を知らない体。

それが、三雲千隼に暴かれるかもしれないという現状を前に、恐怖と期待が自分の中にある。その事実が、いっそう夏乃の胸を引き裂く。

恐怖は当然だ。あって然《しか》るべきであり、もっと強く抗わなくてはいけない。

だが期待はこの場面にふさわしくない感情だ。たとえ偽装恋人であろうと、ふたりの間にこんな関係は望ましくない。わかっている。わかっているのに。

——どうして、わたしはこの人に触れられて胸がときめくの？　こんな強引な行為でも体の奥が熱を帯びるの？

「やめて……！」

「何を？」

男はすべてを知った顔をし、片腕で夏乃を抱き寄せた。互いの胸と胸が密着する。頭頂部に鼻先をつけ、千隼が「夏乃」と名前を呼んだ。

その瞬間、腰から脳天へと感情の稲妻が突き抜ける。

——いや、いやなの。こんなのダメだってわかってる。なのに触れられたい。抱きしめられて、彼の体温を嬉しく思うなんて……

言葉を選ばずに言うなら、それはたしかな興奮だった。

人生で初めての、異性への興奮だ。心も体も、千隼に触れられることで高まっていく。夏乃は、そんな自分を恨めしく思った。

頭頂部に唇を寄せた千隼が、こめかみに顔を移動させる。それは泣きたいくらいに優しいキス。夏乃にとって、誰かにこんなふうに触れられるのは生まれて初めての経験だった。

「………千隼、さん」

「やめない」

こめかみから頬へと唇を這わせ、彼が夏乃の声に反射的に答える。

やめて、と声に出さなくとも気持ちは伝わるらしい。だとしたら、拒絶と期待を同時に感じていることも知られてしまうのだろうか。

「っっ……、あ……!」

頬から耳へと移りゆく彼の唇が、耳殻を甘噛《あまが》みする。歯を立てられた感覚に、肩から背中がビクビクと震えた。

――声、やだ。どうして。

「唇、噛むなよ」

声を殺すために噛みしめた唇を、彼の自由な右手がそっと撫でる。親指の指腹で下唇の輪郭に沿って触れられていると、ただそれだけのことでうなじがじりじりと感じたことのない焦燥感《しょうそう》に襲われた。

「千隼さん、こんなこと……」

「きみも興奮してるのは伝わってるよ」

かあっと頬が熱を帯びる。覗き込まれた目の奥の真実に気づかれたくなくて、夏乃は顔をそらした。

「はは、これはこれで恥ずかしいね。恋人らしく振る舞うならこっちのほうが自然だろう」

「あ、やぁ……っ……」

耳から首筋へキスでたどられると、これまでのどの部位とも異なる感覚が湧き上がった。皮膚の薄さなのか。それとも急所ほど敏感になっているのか。

「ん、んっ……、そこ、いやぁ……」

「細い首だ。夏乃、俺にキスされて感じる？」

「知らな……ああっ！」

「嘘つきだな。――そんな嘘つきなきみには、お仕置きのキスだ」

――こんなの、知らない。わたしの知らないわたし。お願い、引き出さないで。これ以上快楽を教えないで……

だが、夏乃は未経験だからこそわかっていなかった。これはまだ序の口、ほんのさわりの部分。

ちゅ、ちゅ、ぴちゃり、とキスの合間に舌先が肌に触れる。そのたび、腰の奥に甘い澱《おり》がたまっていくような気がした。

「……っ……千隼さん、もぉ……っ」

「甘い唇だ。もっとキスしたい。夏乃をもっと知りたい」

全身が粟立《あわだ》つ。触れられている部分も触れられていない部分も、どこもかしこも甘く敏感になっていくのだ。

あえかな産毛が逆立つような、そんな感覚に夏乃も引きずられてしまう。彼の言うとおり、このままキスされていたいと思う気持ちがどこかにある。

——ダメだって、わかってる。こんなのおかしい。

ずっと、自分の中に欲望があることを忘れていた。そもそも、それが存在していると知覚していなかったかもしれない。けれど、一度触れられてしまえば知らないころには戻れないのだ。千隼の唇が首筋を下へ下へと蠢くのを感じながら、拘束された両手の指をきつく握りしめる。

「……ち、は……ん、んんっ」

「駄目《だめ》だよ」

懸命に彼の名を紡ごうとした唇に、人差し指が縦にあてがわれた。

目尻をわずかに紅潮させ、彼もまた興奮した表情で夏乃と目を合わせてくる。

「この唇はキスで塞《ふさ》がせてもらう」

「もう、やめ……」

「夏乃も、わかるだろ。俺たちは求め合ってる」

互いに共有している、この興奮を。

彼は言外にそう伝えて、甘い笑みですべてを奪う。心も体も、拒めない。この時間から逃げ出したいと思えない。千隼の声は媚薬で、微笑《ほほえ》みは誘惑だ。

ゆっくりと、彼の唇が近づいてくる。このまま、キスされてしまう。

「や……」

「やじゃない」

ふっと甘く笑みのかたちになった唇が、そっと夏乃の唇を塞いだ。

「んっ……」

初めてのキス。

思っていたよりずっと、彼の唇はやわらかい。互いの唇が重なると、胸の奥にせつなさがこみあげてくる。

夏乃は、逃げるように顔を横に向ける。

「もぉ、ムリ……」

「もっと」

「ダメ……」

けれど、千隼はどこまでも追いかけてくる。

求められる悦《よろこ》びに、息が上がった。こんなふうに夏乃を欲している千隼を愛しいとさえ思う。

「もっと、きみを奪いたい。ほかの誰かではなくこの俺が」

ぐい、とトップスが胸の上までめくり上げられる。すべらかな腹部とブラが彼の目に触れ、夏乃は声にならない悲鳴をあげた。

「っっ……！」

白い肌を、彼がまじまじと見つめている。ブラ越しにも胸の輪郭が鮮明になっていくのがわかっていた。このまま、彼に奪われてしまうのだろうか。

いつしか、夏乃の両手首を拘束していた彼の手は離れ、ブラの上からふたつの膨らみをすっぽりと包み込んだ。

「ぁ……、あ、待って、千隼さ……」

「いい子だ。このまま続けさせてくれ」

——違う、そうじゃなくて！

肌にくちづけられる快感ですら夏乃にとっては初めてのことだった。それが、まさかこんなに先へと事が進んでしまうとは。

「……っ……、は……」

やんわりと乳房を揉まれる。掌底《しょうてい》で押し上げるような動きに、彼の手の中で胸の先端がいっそう固く凝《しこ》っていくのを感じた。

——肌を重ねること。愛し合うふたりのする行為を、どうしてわたしとしようとするの？

そして、なぜ自分は彼の手に感じてしまうのか。

生理現象なのかもしれない。健康な大人の男女なら当然の反応なのかもしれない。相手が彼でなくとも——そう考えて、夏乃は小さく首を横に振る。

——彼じゃなかったら、こんなことときっとムリだ。

その意味を追いかけるよりも早く、ブラのホックがはずされてしまった。胸元の締めつけがなくなり、ブラが胸の下にずらされる。つまり——

「っっ……！　や、み、見ないでっ……」

「もう遅い」

胸元を隠そうと動かした手より早く、千隼が左胸に覆《おお》いかぶさってくる。素肌に、吐息が触れた。次の瞬間、やわらかく濡《ぬ》れたあたたかいものが先端をあやす。

形良い乳房が、彼の目にさらされている。かすかな息すら夏乃の体を甘く刺激してきた。

「あ、あ……！」

全身が恐怖とは違う理由でこわばった。

胸の先、ほんの小さな突起から放射状に甘い疼《うず》きが体中へ広がっていく。痺れにも似ているけれど、体の内側から肌を突き破りそうな衝動が起こった。

「そこ、いや、いやっ」

両足をばたつかせ、夏乃は必死にソファの上で体を逃がそうとする。

それを逃がすまいと、千隼が胸の先端に吸いついた。

「ひ、ぁ……っ⁉」

根元をすぼめた唇で包まれ、熱い口腔の粘膜が突起全体を覆う。ひく、と腰が浮いた。

「っっ……ぁ、や、やぁ……、そこ、吸わないで……っ」

言葉こそ抵抗を示しているが、すでに声は懇願に近い。やめてと願うのではなく、もっとしてと訴えている声音だ。千隼が気づかないはずがない。

それでも、両手で口元を覆い、夏乃は懸命に声を殺している。

「夏乃の『やめて』は、気持ちいいからもっと『して』の意味なんだな」

「ち、がう、違う、わたしは……」

「そんなに泣きそうな顔をしないで。俺はただ――」

言葉の続きはなく、彼は反対の胸に唇を寄せた。

ねっとりと舌先が絡みつく。その感覚に目の前がチカチカと白く点滅するようだった。それほどまでに、夏乃が知らない快感が刻まれていく。

唾液で濡れた左胸の先端を、彼は親指と人差し指でつまみ上げる。濡れているせいで少し力を入れられると、乳首が千隼の指から逃げた。即座に彼はまた根元をつかみ、今度は小刻みな動きでつまんだ指を上下させる。

「んぅ……っ、あ、あ、動かすの、やぁ……っ」

「こうして指でしごいてやると、腰が一緒に動いてるのがわかる？」

「いや、そんなこと、わたし……」

「俺を誘う、いやらしい動きだね」

スカートのホックがはずされ、ファスナーを下ろされていた。パンストと下着の上から、何か熱いものが押しつけられる。

――これ……まさか、ううん、そんな……！

「夏乃がこうさせたんだよ？」

「や……」

互いの衣服の上からでもわかる。こすれる熱は、千隼の劣情だった。

どくん、と体の奥から音がした。自分の鼓動だ。同時に、それは下腹部から感じる彼の鼓動でもある。

――生きてる。

目の前にいる千隼の生命力が屹立した情欲から伝わってきて、夏乃は無意識にそう思った。

彼が生きていることなど、最初から自明の理である。だが、そういう意味ではない。もっと本能的で、もっと動物的で、ただそこに彼が生きて存在していることを強く強く感じさせるのだ。

「……ほんとうに……？」

小さな声で尋ねると、胸元から顔を上げた彼が不思議そうにこちらを見る。

「ほんとうに、わたしのせいで……？」

「うん、そうだ」

ぐっと腰を押しつけ、千隼が片頬を歪《ゆが》ませた。

それまで胸のどこかにあった堰《せき》が、感情に押し流されていく。この快楽は罪ではない。それどころか、生きていることを証明する行為なのではないか。そんな気がした。もちろんそれはただの錯覚なのだ。セックスはセックスでしかなく、同時にセックスはセックス以上の意味を持つ。

「さ……っ……」

「ん？」

――さわってみたい。

その思いを口に出すのは、さすがに抵抗があった。興味があるというのともまた違う。何かを――言葉や優しさでは埋められない情熱を、触れてたしかめてみたい。

――何を考えてるの。そんなこと、するべきじゃない。

夏乃の態度が変わったことに、千隼もまた気づいたのだろう。彼は夏乃の背に手を回し、上半身を起こしてくれた。

「乱暴にしてごめん。無理やりはよくないな」

「……は、い」

「だから、今から丁寧に脱がすよ」

「？　あの、待ってください。わたしは続けていいとは言ってないですよ？」

「俺もやめるとは言ってないからね」

妙に嚙み合わない会話に、笑ってしまいそうになる。それをこらえようと、夏乃は精いっぱいのしかめっ面《つら》をしてみせた。

「………何かな、それは」

「不満の意を表す顔です」

「はい、駄目。かわいすぎる。夏乃が悪い」

彼の両腕が、強く夏乃を抱きしめる。

肌にくちづけられるより、感じやすい部分に触れられるより、もっと千隼の体温を感じた。

彼のぬくもりで包み込まれている。

「おかしいですね……」

千隼の背中に自分から腕を回し、夏乃は小さな声で語りかけた。

「何がおかしい？」

「だって、わたしたちはライバル会社の人間で、ほんとうならこんなふうに抱き合う関係じゃない」

さっきまで快楽に流されていた心が、現実を見据えて冷静さを取り戻す。まだ熱は体の深いところでくすぶっていた。しかし、強く抱きしめられたことで我に返る部分もある。

「……俺とはそんなにしたくない？」

「そういうっ……ことじゃないんです。あの、わたし、誰とも――」

したことがないんです。

消えそうな声で告げた夏乃に、千隼がはっと息を呑《の》むのがわかった。

「きみじゃなきゃ、駄目だ」

背骨がしなるほどに彼が腕に力を入れる。なんて力強い抱擁だろう。それでいて、胸が引き裂かれそうなほどの優しさが伝わってくる。

「したことがないというのは、もしかしてキスも？」

「……聞かないでください！」

はじまりと同じに、千隼は頭頂部に唇を寄せた。

「かわいいよ、夏乃」

「え、えっと、千隼さん……？」

「きみを抱くのは、きちんと合意してもらってからにしよう」

さっきまで無理やり自分を組み敷いていた男が、真摯《しんし》なまなざしを向けてくる。

――合意？　え、それって……

「合意しませんっ」

「それは、これからの俺の努力次第ってことだな」

「違いますよ？　ちゃんと聞いてくださいね？」

「尽力する。夏乃に受け入れてもらえるように」

「千隼さん、聞いてないから、それ」

「かわいいよ、夏乃」

もう一度同じことを言って彼が微笑む。

ぽん、と大きな手が頭を撫でた。

理由はわからないけれど、夏乃はただ泣きたい気持ちになった。

きっといつか、この手が離れていく日が来る。それを知っているからかもしれない――

・・・・・┃・・・・・・・・・・┃・・・・・・

土曜の十一時、夏乃は青山《あおやま》で木嶋理央と待ち合わせをしていた。

週末に千隼とふたりでマンションにいるのが気まずかったというのもあるけれど、理央とは先月から約束をしていたのだ。今日の彼女は、双子を母親にあずけて出かけてきている。

「尋也にまかせればいいのに」

学生時代、憧れだったティールームで夏乃は紅茶を飲みながらそう言った。暑い季節も、あたたかい飲み物が好きだ。

「ヒロにまかせると、後片付けのほうが大変なんだもの」

一方、理央はアイスコーヒーだ。グラスの中の氷が、カラカラと小気味良い音を立てる。

窓の外は、植物が青々と茂って陽射しを照り返す。今日の東京は晴れ。気温が高く、久々に洗濯日和だと朝のニュースで言っていた。

「夏乃は、最近どうしてるの？　引っ越したの、ヒロに……っていうか会社に内緒なんだっけ？」

「うん。住所は移してないから」

理央とはＳＮＳのメッセージアプリで普段からやり取りをしている。

引っ越しの一件についても、軽く説明済みだ。問題は、誰と一緒に住んでいるかを話していないことである。

誰にも秘密にしておいたほうがいい。そう思う反面、誰かに話してしまいたい気持ちもあった。

——理央なら、尋也にも秘密にしてくれるはず。

「あのね、実は——」

これまでの経緯を話すと、理央がテーブルに身を乗り出してきた。

「ちょっと待って、つまり夏乃は三雲副社長と同棲してるってこと？　すごくない⁉」

「や、だから同棲じゃなくて実際はただの同居で……」

ただの同居人に押し倒されるなんてあるだろうか。

しかも、押し倒されただけではとどまらず、誰にも触れられたことのない肌を許してしまった。最後の一線は越えていないけれど、かなりの勢いで流された。

――体を、心を、感情を、流されてしまった！

「だって恋人なんでしょ？」

夏乃の悩みなどつゆ知らず、理央はにまにまと目尻を下げて両手を頬に当てている。

「だから、恋人じゃなくて偽装恋人！」

実際、ふたりの関係は彼の縁談をいい具合に回避するための偽りの恋人でしかない。

なんなら、夏乃は身売りの真っ最中である。

「何それ、そんなマンガみたいなことある……？」

「事実は小説より奇なりってことだよね」

だいぶ冷めてしまったコーヒーを飲み、ふうと息を吐いた。

――あんなきれいな顔で、女性に困りそうにない千隼さんでも、そばにいればわたしに発情することがある、ということで。

夏乃は自分が女性として魅力的だとは思っていない。恋愛経験もないし、色気とも無縁だ。

「でも、恋人のふりなんてしてたら勘違いするでしょ。相手はあの三雲副社長だし」

「う……」

「ほらほら、白状せい」

「なんのキャラよ、それは」

「こっちは毎日双子のお世話にかかりっきりよ？　たまには友達の軽はずみで浮ついた話を聞きたい」

「勝手に人の人生を軽はずみ呼ばわりする友達ね……」

完全に否定できるほどの根拠がないのは、夏乃がいちばんわかっている。何しろ、恋人のふりを引き受けた上に同居までしているのだ。あまつさえ、押し倒されてあれこれされてしまったのに、未だ彼の部屋で暮らしている。

「……うーん」

――わたしがあまりにチョロすぎるっていう問題なのかもしれない。

「でも、三雲副社長ってほんとうに夏乃と初対面なの？」

「え？　そりゃそうだよ。こっちは一応知ってたけど」

彼のほうが夏乃を認識していたとは考えにくい。同じ業界にいるから、どこかですれ違ったり同席したりということがあったのだろうか。

だとしても、話した記憶はない。名刺交換だってしていなかった。

「ほら、夏乃が覚えてないだけで昔どこかで出会って、ひそかにずっと好きでいた、とか？」

「どんな少女マンガ展開よ」

「運命的なふたりの再会って憧れるでしょ⁉」

「ないない。あったらさすがに覚えてる」

「夏乃はなー、わりと恋愛面の情緒が育ってないから。覚えてない可能性、じゅうぶんあると思うんだけどね」

ずいぶんな言われようである。

だが、恋愛偏差値の低さは理央に言われずとも自覚していた。

「そもそも、気持ちがなかったらおかしいよ。家事全般やってくれて、面倒見てくれて、ごはんも作ってくれて、恋人のふりとはいえ夏乃に対して独占欲もありそうじゃない？　これってもう、完全に恋愛行動だよ」

「れんあい、こうどう」

思わず、理央の言っている言葉を口に出してしまった。

「そう。完全にね？」

「あー、いかん。つい理央の口車に乗りそうになった。これだから営業のエースは怖い」

「乗っておきなって。絶対当たりだよ」

「いーえ、相手はただお見合いしたくないってだけです！」

「んー、そこなんだよね」

口元に手を当て、理央が何かを考えている。

――ありえない。千隼さんがわたしに対して特別な感情を抱く理由がない。最初から、あの人はなぜかわたしに恋人のふりをしろって迫ってきて……。

ほんとうに、過去にどこかで出会っていたほうがまだ理解できる。

ほぼ初対面だったからこそ、なぜ自分なのかと疑念を拭《ぬぐ》えないのだ。

「やっぱり、どうして夏乃じゃなきゃいけないのかっていうところが気になるんだよ。もっと都合のいい相手だっているんじゃない？」

「よくわかんないけど、千隼さんの都合のいい相手がわたしだってことはないの？」

「え？」

理央が、信じられないとばかりに目を瞠る。

「夏乃、自分が恋人のふりをする相手としてちょうどいいって思った？　本気で思った？　恋愛経験なくて、男慣れしてなくて、仕事ばっかの夏乃が？」

「うっ……」

言われてみれば反論の余地はない。

「夏乃ちゃんさ、せっかくいいマンションにいい男と住んでるんだし、ゆっくり考えてみてもいいんじゃない？　どうしてわたしなの、って」

「そんな恋愛ドラマのヒロインみたいなこと考えたくない！」

「人間って、恋愛したらみんな主人公よ？」

わたしだってそうだった、と言外ににじませて理央が微笑んだ。

そういう意味で、夏乃は自分を脇役だと思っている。働く人の味方。誰かの自由のための仕事を斡旋する。アラカミニングに登録に来る人たちこそが、夏乃にとっての主役なのだ。

「恋ほどすてきなエンタメなんてほかにないんだよ、夏乃」

「いい感じに言っても、流されないからね？」

「ちぇー。もっと恋バナをくれー」

久々に会う友人は、相変わらず愉快で口が回る。

できることなら早く理央に職場復帰してもらいたいが、まだ先のことだろう。

・・・・・｜・・・・・・・・・・｜・・・・・・

七月も半ばになり、梅雨が明ける。からりと晴れた空に、夏雲がふっくらと積み上がっていくのを見上げて右手でひたいに庇《ひさし》を作った。

「んー、夏だなあ……」

見上げた空ののどかさとは裏腹に、地上に目を向けると慌ただしくテントの下に段ボールが運ばれていく。

今日は、女性のための転職マッチングイベント当日だ。

アラカミニング人材派遣会社のブースは、ステージの南側。業績不振から、じりじりと登録者数も増えてきて、今回のイベントは気合を入れての参戦になる。

夏の気温に、まだ体が馴染《なじ》んでいない。水分をしっかり摂取しなければ、と夏乃はペットボトルの麦茶をひと口飲んだ。

――三雲のブースは……

北側のステージ横に、三雲キャリアプランニングサービスの看板が立っている。長机の奥には、千隼がこの暑い中、夏物のスーツを着込んで作業をしているのが見えた。

今朝、同じマンションから出てきたなんて不思議に思う。気づけば彼と暮らして、それなりに日数が過ぎた。

あの日以来、一度は気まずくなりかけたものの、彼は自然と距離を詰めてくる。

――今朝だって、一緒に会場まで行こうかなんて言ってたしなあ。

千隼とふたりで会場入りなんてした日には、尋也だけではなくほかのイベント参加企業の女性たちにもショックを与えるのはわかっている。

恋人のふりをするとはいっても、さすがに仕事関連の場では無理だ。

「カノちゃん、ステージイベントのトーク、動画撮っておいてね！」

薄手のブルーのスーツを着た尋也が、背後から声をかけてくる。千隼を目で追っていたのが後ろめたくて、夏乃はいつもより笑顔で振り向いた。

「期待してるよ、社長。トークイベントは尋也の得意分野だもんね」

「もちろん。準備は万全だから。今日の客、全員俺の虜《とりこ》にしてやる！」

転職イベントで参加者を虜にしてどうしたいのかと思わなくもないけれど、実際尋也の愛されキャラはアラカミニングにとって大きな長所だ。

誰だって明るく楽しい社長のいる会社を嫌う理由はない。

「社長ってすごいですね……」

ぽっと頬を赤らめた媛名が、段ボールを抱えて尋也を見送る。

――ええ？　待って、花房さん！　その男はただのお調子者だけど一応既婚者ですよ⁉

そういえば、彼女は尋也の弟の雅也が会社に顔を出してから、妙に尋也を熱いまなざしで見ていることが増えた。

「さ、さあ、準備しましょうか」

「はい！」

都心の公園でも蝉《せみ》は鳴く。

イベントが、始まろうとしていた。

午前と午後に一度ずつ、トークイベントがステージで行われる。

午後の回には、千隼が登壇した。ちょうど休憩中だった夏乃は、客に交ざって遠くから彼の姿を見ていた。当然ながら、ステージ上の千隼とは目が合わない。

――ステージにいるから、だけじゃない。今日はすれ違っても声もかけてくれない。目も合わない。完全に他人のふたりだ。

仕事中なのだから、当たり前。わかっているのに、なんだか寂しく感じる。

――いやいや、こんなの別に寂しく思うことじゃない。それに、人前で親しくしないほうがいいに決まってる！

マイクを手にした千隼の言葉に、会場から拍手が上がった。

「ご清聴ありがとうございます。皆さんのご希望の仕事が見つかることを願っています」

口角の上がった、形良い唇。

――わたし、あの唇とキスしたんだ。

もう、それすらもけっこう前に思えるけれど、初めてのキスの相手が千隼なのは間違いない。

無意識に指先で下唇に触れ、むずがゆいようなもどかしいような気持ちを自覚する。

もう一度、したい。

なぜそんなことを思うのか。夏乃には自分が理解できなくなる。だが、彼とキスしたいのは本心だ。その理由は――

ステージに立つ千隼が、まっすぐにこちらを見つめてきた。

心臓がどくんと大きな音を立て、世界が一気にぎゅうっと引き絞られる。夏乃の心のフォーカスが、千隼だけに絞られていく。

彼はかすかに目を細め、小さく手を振った。

間違いなく、夏乃を見つけて合図をしたのだ。

――千隼さん、どうしてわたしのことなんて見つけられるの？

キスしたくなる理由を、ほんとうは夏乃もわかっている。気づきたくない。だんだん彼に惹かれてきていることを。

ステージを下りた千隼が、目線で「こっち」と指し示す。

休憩中とはいえ、他社の副社長とふたりで会うなんて許されるのだろうか。もう考えられない。夏の暑さが夏乃の理性を奪っていく。

ふらりと足を踏み出して。

彼の示したほうへ、夏乃は歩き出した。

「桐沢さん、すみません」

「は、はい！」

社員の声に振り返り、はっと我に返った。

――わたし、どこに行こうとしてた⁉

「休憩中にすみません。この資料なんですけど」

「あ、まだありますよ。休憩はもう終わったからだいじょうぶ。ラストパート、がんばっていきましょう」

今は仕事中だ。

千隼と話したければ、帰ってから話せばいい。

――もっと彼のことを知りたい。どうしてわたしを偽恋人に選んだのか。今度こそちゃんと聞いてみよう。

帰宅後を想定していた夏乃だったが、現実は常に予想どおりには転ばない。

イベントが終わり、撤収作業を横目に取材に来ていたライターと話していたときのことである。

アラカミニングの社員たちはブースを片付け終えて、先に社へ戻ろうとしていた。

「夏乃、取材受けてから戻る？」

何度名字で呼ぶように言っても、平気で『夏乃』と呼んでくる尋也にうなずく。

「直帰でいいよ。荷物全部持ったから」

「そう？　じゃあ、お言葉に甘えようかな。社長、今日はお疲れさまでした」

ステージの解体に来た業者が作業を始める中、ライターがＩＣレコーダーを回す。なかなかの騒音だが、録音はだいじょうぶだろうか。

今日のイベントは、尋也のトークも良かったおかげで多くの参加者がアラカミニングのブースを訪れてくれた。その場でスマホから仮登録をしてくれた人数は七十六名。今回の想定を大きく上回っている。

「こういうイベントで弊社を知ってくださる方が増えるのは、ほんとうにありがたいことです」

「では、最後になりますが今後のアラカミニング人材派遣会社の展望としては——」

夕暮れの空に、ぶわっと大きな白い影が飛ぶ。

何が起こったのかと見上げれば、周囲の人たちも同時に天を仰いでいた。

——テントの……

今回の企業ブースとして使われていたテントの白い天幕が、風を受けて奇妙なまで高く浮かび上がっている。

アラカミニングの隣のテントの天幕だ。テントの撤去作業をしていたスタッフたちの口から「うわあ」「危ない！」と悲鳴に似た声があがる。

——え？　待って、倒れてくる！

天幕を失ったむき出しの柱が、夏乃のいるほうに倒れてくるのが見えた。

時間が止まったようだった。

重みのある柱は、ゆっくりと倒れてくる。

それなのに、脚は動かない。

逃げられない、と思った瞬間――

「夏乃！」

体がぐいと引き寄せられた。

――何？　熱い。つかまれた腕が、ううん、彼の手が……

広い胸が覆いかぶさってくる。その向こうから、金属の柱が千隼めがけて落ちてきた。

「千隼さんっ」

彼の体を押しやろうとするけれど、頑として動かない。

――死ぬ！　死んじゃう！

どん、と鈍い音がして反射的に夏乃は目を閉じる。

次に目を開けるのが怖かった。

自分を守って、千隼が大きな怪我を負う。それが、怖かった。

「きゃあああ！」

「テントが倒れたぞ！」

次に目を開けると、やわらかな黒髪越しに夕暮れの空が見えた。

イベント会場になった公園の石畳に背中をつけ、夏乃は千隼に抱きすくめられたまま仰向けになっている。

「千隼さん……？」

呼びかけると、彼がぴく、と体を動かした。

「千隼さん、千隼さん、だいじょうぶですかっ⁉」

「ああ、たいしたことはないよ。夏乃は？　怪我はない？」

ゆっくりと起き上がった彼が、痛みをこらえた表情で心配そうに夏乃を覗き込んでくる。

――わたしより、自分の心配してよ！

「え、あれって三雲の副社長だよね」

「アラカミニングの人と……」

「いいの？　なんかやばそうだけど」

遠巻きにふたりを見ている人たちの声が聞こえてきて、首筋がすうっと冷たくなった。

「副社長、だいじょうぶですか？」

千隼の会社のスタッフたちが駆け寄ってきた。

「私は平気です。ほかに被害はありませんか？」

立ち上がった彼が、夏乃に右手を差し出してくれる。その手をとって、ゆっくり体を起こした。

「申し訳ありません！　すぐに病院へお連れしますので」

「いえ、こちらこそお騒がせして申し訳ありません。撤収作業の続きを」

「そういうわけには……」

——背中、汚れてる。あそこに柱が当たったの？　だいじょうぶって、ほんとうに？

まだ膝がガクガクと震えている。

柱が倒れてくるのを見たときよりも、千隼が自分をかばって怪我をすると思った瞬間のほうがずっと怖かった。

周囲から見えないように、彼は後ろ手に夏乃の手をぎゅっと握ってくれている。その手が、だいじょうぶだよと言っているような気がして。

「桐沢さん、脚を擦りむいてますね。一緒に病院に行きましょうか」

先ほどまでの動揺していた千隼は姿を消し、三雲の副社長である彼が穏やかな声で夏乃を気遣ってくれた。

「三雲さんこそ、病院に行かないと。何かあったら大変です」

「あはは、そうですね。じゃあ、一緒に行きましょう」

「……はい」

周りの目を気にして、そっと手を離す。

――いいの？

心の中で声がした。

――千隼さんの優しさに、こんなふうに甘えていていいの？　恋人のふりでしかないのに、彼にとってわたしは……

「すみませんが、残りの作業をお願いします」

「それはもちろん。副社長、車を手配しましょうか？」

「そこまでの怪我はしていませんよ。ですが、お気遣いありがとうございます。私は桐沢さんと一緒に病院へ行きますので、あとの指示は田端《たばた》主任に」

「はい」

彼の会社のスタッフが離れていくと、千隼がちらりと夏乃に目線を送ってから歩き出す。ついてこいということだとは思う。だが、ほんとうにこのまま一緒に行っていいのだろうか。

「桐沢さん？」

――ああ、もう！　どうにかなっちゃいそう。

左胸で心臓が大きく鼓動を打つ。

彼の優しさに、彼の強さに、彼の一挙手一投足に心が動くのを止められない。

黙って立ちすくむ夏乃に、千隼がそっと顔を寄せてきた。

「夏乃、歩けないなら抱っこしようか？」

ひそめた声が甘くて、鼓膜がじいんとせつなくなる。

「っっ……、病院、行きますよ、三雲さん！」

「わっ」

彼の夏物のスーツをつかんで、夏乃はぐいぐい歩き出す。

運転なんて絶対にさせるものかと、そのままタクシーを拾った。

「夏乃、何か怒ってる？」

後部座席に並んで座った千隼が、こちらの顔を覗き込んできた。

「怒ってません。でも、心配してます」

「うん。俺も」

どちらからともなく、シートの上で手をつないだ。手のひらが、すぐに汗ばむ。

――どうしよう。こんなの、ムリだ。もう自分に嘘がつけない。わたしは……

彼に、恋をしている。

・・・・・・|・・・・・・・・|・・・・・

「……千隼さんは、不死身？」

なかなかの重量の柱を背中で受け止めたのに、打撲のみで済んだ千隼を前にして、夏乃はさすがに目を瞠った。

もちろん、怪我がないにこしたことはない。

打ちどころが良かったということもあるだろう。

「不死身だったら、たぶんもっと違う人生を生きてるんじゃないかな」

軽く笑った彼は、背中に湿布をたっぷり貼られた状態でダイニングテーブルについている。

帰宅したあと、夏乃は、

「今日は、お夕飯はわたしが作ります」

と宣言した。

いつも千隼に食事を作ってもらっているけれど、別に夏乃だって料理ができないわけではないのだ。

——得意だとも言わないけど！

彼のエプロンを借りてキッチンに立つ夏乃を見つめ、千隼はぼそっとつぶやく。

「別にたいした怪我をしたわけでもないのに」

「たいした怪我でもたいした怪我じゃなくても、千隼さんは黙って座ってるように！」

「はーい」

メニューは親子丼とニンジンのサラダ、野菜たっぷりのお味噌汁だ。実際、たいしたものが作れるわけではない。

「夏乃が無事だったならよかったよ」

「無事ですよ。千隼さんが守ってくれましたからね」

特に深く考えもせずにそう答えてから、はっと気づく。

――そうだ。あのとき、正面から柱が落ちてきていたら、わたしは頭を打って死んでいたかもしれない。

では、背中で受けた千隼が無事だった理由は？

彼はあんな状況でも、計算していたのだろうか。なるべくダメージの少ない場所で、柱を受け止めようとしていたのだろうか。

――だとしたら、千隼さんはほんとうにすごい。

手早く食事を作ると、皿に盛りつけていく。千隼のように彩りよい食事にはならなかったけれど、とりあえず食べられるものにはなっている、たぶん。

「運ぶの手伝――」

「怪我人はおとなしくする！」

「はーい」

彼の手伝いを断って、夏乃は料理をダイニングテーブルに運んだ。

ふたりで向かい合って座り、箸をとった。

「うん、おいしい」

「……ありがとうございます」

もそもそと口に運ぶ親子丼は、ちょっと卵が硬くなりすぎだ。ニンジンのサラダは味が薄かったし、野菜たっぷりのお味噌汁は根菜がまだ煮足りない。

それでも、千隼はおいしいと言ってくれる。

——初対面のときは、ちょっと胡散臭《うさんくさ》いと思った。今はわかる。千隼さんは、純粋に優しいんだ。

だが、これほど完璧な彼に恋人がいないほうが不思議に思う。

夏乃と違って、今までずっと特定の相手がいなかったわけではないのだろう。女性のほうが千隼を放っておかない。

「そういえば、今日のイベント、アラカミニングさんはどうだった？」

「思った以上の収穫がありました。そちらは？」

「ありがたいことに、弊社も盛況でしたよ」

わざとらしくビジネス口調で応じて、千隼が味噌汁をひと口すすった。

「まあ、この先につながるかどうかはわからないけれど、名前を覚えてもらえるいい機会だし、仮登録した人の二割から三割は本登録してくれると読んでる」

「そうですね。企業側との交渉も進めていかないと」

「うんうん」

こうして毎日、一緒に食事をしていると、知らぬ間に距離が縮んでいく。人間というのは存外情《じょう》にもろい生き物だ。

――同じ部屋で、同じテーブルで、同じものを食べている。それって、もうほとんど家族だ。

「なんにせよ、夏乃が働いてる姿を見られて俺は満足だったよ」

今夜は、ワインは封印している。打ちつけた背中が痛むと心配だから。

アルコールの入っているときと同じように、千隼は優しく微笑んでいた。

「な、何言ってるんですか。ぜんぜんこっち見てなかったくせに」

かあっと頬が熱くなる。

――そう、目なんて合わなかった。

「うん？　俺が夏乃を見てなかったかどうかを知ってるってことは、夏乃は俺のこと見てた？」

「偶然です！」

見透かされた気がして、慌てて答える。

心を、彼への気持ちを、見透かされてしまう。

「偶然かなあ？」

「そうですよ、ただちょっと、知ってる顔があったら見ちゃうってあるじゃないですか」

強引な言い訳なのはわかっている。それでも、好きだと知られるのは今ではない気がした。

「ふうん」

彼はテーブルに頬杖をついて意味深にこちらを見つめている。

「な、なんですか？」

「俺は夏乃だから見てた」

まっすぐなまなざしが、夏乃の心まで撃ち抜く。

――本気で言ってるの？　それとも、これも恋人のふり？

恋愛経験のない夏乃を、恋人らしくさせるための策略なのだとしたらあまりに残酷だ。

千隼にこんな目で見つめられて、何も感じない人なんているはずがない。

夏乃だって、胸が苦しくなる。

彼に惹かれているからこそ、いっそうせつなさがこみあげる。

「千隼さん、わたしたち、恋人のふりをしてるんですよ？」

「そう、恋人なら見ていてもかまわないだろ」

テーブルの上に彼が手を伸ばしてきた。

ふたりの手が重なると、すぐに千隼は夏乃の手を握りしめる。

大きな手が、優しくじんわりと包み込んでくれる感触に、どうしてなのか泣きたくなった。

これがほんとうの恋だったら、どんなに良かっただろう。

——だけど、そうじゃないことをわたしは知ってる。

「……お風呂、早めに入りますか？　それとも今日は入らないほうがいいのかな」

「少し食休みしたら入ろうかな」

「背中、だいじょうぶですかね」

「平気平気。たいした怪我じゃないからね」

食器を手に立ち上がろうとした彼が、「うっ」と小さくうめき声をもらした。

「やっぱり、痛いんですよね」

「イタクナイヨ」

彼らしくない棒読みの声に、夏乃は声をあげて笑った。

「夏乃はときどき俺に冷たいよね……」

「千隼さんは、たまに意地っ張りですね」

「別に？　痛くないからね？」

「痛いなら肩を貸すと言うところなんですが」

「痛い」

カウンターに食器を置いて、彼が即答する。

「あの、千隼さん」

「痛いから、肩を貸してもらわないと歩けない。ああ、痛い、痛いな。夏乃を守って怪我した背中が痛いなあ」

——何、この人。こんなにかわいいところがあったの？

我慢できずに笑いながら、千隼の隣に立つ。

背の高い彼が、夏乃の背後からおぶさるように抱きついてきた。

「ちょ、ちょっと！　肩を貸すって言ったんですよ？」

「実際、肩を借りておりますが何か？」

両腕を肩にかけているのは間違いない。ただ、そのまま抱きしめられているのが問題なのだ。


——これじゃ歩けませんけど！

「たぶん、ひとりじゃ服を脱げないだろうなあ」

「……それは、脱がせてほしいってことですか？」

「よくわかったね。夏乃は察しがいい」

耳元に顔を寄せられ、吐息が耳をかすめた。

心臓が壊れそうなほど早鐘を打っている。そんなこと、きっと彼は知らない。


その後、お風呂の準備ができてから洗面所まで同行し、ワイシャツを脱ぐ手伝いをした。

元水泳部の千隼は、逆三角形の美しい体の持ち主だ。

背中の湿布が痛々しい。

「悪い。湿布を剝《は》がしてもらっていいかな？」

「あ、はい」

広い背中から湿布を剝がしながら、夏乃はふと首を傾げる。

「そういえば、病院では湿布してもらったあと看護師さんにワイシャツを着せてもらったんですか？」

「いや、自分で着たよ」

——ん？　脱げないけど、着られるということ？

ちらりと彼がこちらを振り向く。その表情を見て、わかってしまった。

「もしかして、自分で脱げますね？」

「……だって、こんなときじゃないと夏乃に面倒見てもらえる機会なんてないから」

「そっ……それは、その……」

大人なのだから、服の着脱くらい自分でしてください、と思いかけて。

——このくらい、いつだって頼まれたらするのに。

そう思った自分が恥ずかしい。

「夏乃」

「……はい」

「湿布、全部剝がせた？」

「そう、ですね」

「じゃあ、一緒に入る？」

「入りませんっ！」

夏乃の勢いづいた返答に、彼は楽しそうに笑い声をあげた。

毎日、少しずつふたりの距離が近づいていく。

だけど今日は、ぐんと何かに引き寄せられる感じがあった。身を挺《てい》して助けてくれた彼に、夏乃だって感謝しているのだ。その気持ちを伝えたい。

だから、順番で入浴した夏乃が湯上がりにリビングへ戻ったとき、

「夏乃、一緒に寝る？」

と尋ねられて、即答で断れなかった。

――一緒に？　千隼さんと⁉

「そっ、それは、あのちょっとよろしくないのではと……」

動揺を、タオルで顔を隠して押し殺す。

「あれ、ここは即答じゃないんだ？」

「！　からかわないでくださいっ」

「からかってないよ。本気です」

――そんなの、なおさら悪い。

夏乃が逃げようとすると、ソファから立ち上がった彼ががくんと膝をついた。

「うっ……」

「千隼さん!?」

背中が痛むのだろうか。やはり入浴はよくなかったのでは――

慌てて駆け寄った夏乃の手を、彼が優しくつかんだ。

「つかまえた」

「ちっ……はや、さん……？」

「ねえ、夏乃」

片膝をついた格好で、彼が甘く笑みを浮かべる。

「今夜は添い寝してよ。それで、俺をゆっくり眠らせて。夏乃と一緒に寝たいんだ」

長い指が頬をそっと撫でた。

ただそれだけで、背筋が震えるほどに全身が彼を感じていた。

彼を、求めていた。

「添い寝だけだからね」

そう言って、彼がガーゼケットをめくり上げる。

千隼の寝室のベッドを前に、夏乃はかすかに足がすくむ思いがした。

「わ、わかってます。襲いませんよ」

「……それ、俺が言うべきじゃない？」

「お互いにってことで！」

えい、と心を決めて彼のベッドにもぐり込む。

「あ、これ、もしかして」

「うん、夏乃の部屋のマットレスと同じ。俺の好みで選びました」

——そうだったんだ。

このマンションへ引っ越してくるときに、彼が準備してくれたベッドフレームとマットレス。千隼自身が気に入っているものを与えてくれたという事実に、なんだか胸があたたかくなる。

「なんだか、不思議な感じがする」

ガーゼケットの上から夏乃を軽く抱き寄せ、彼が天井のシーリングライトをリモコンで消した。

「不思議ですか？」

「こうしていると、懐かしい気持ちがするんだ。ああ、そういえば夏乃に初めて会ったときも、どこかで会ったことがある気がした」

突然、理央の言葉が脳裏によみがえった。

『夏乃が覚えてないだけで昔どこかで出会って、ひそかにずっと好きでいた、とか?』

――まさか、ほんとうにそのパターン?

「でも、会ったことはないと思う」

「そうですよね」

かすかにほっとして、胸元の満月の指輪を探そうとした。

けれど、寝るときはネックレスをはずしているので当然指輪はない。

「夏乃のお母さんは、今どうしてるんだ?」

「母ですか?　今は元気にハワイ島で暮らしてます」

唐突な質問に、上目遣いで彼を見上げる。

「え?」

「え、って」

たしかにハワイ島にいるのは、驚かれてもおかしくないか。

夏乃が大学を卒業するのを待って、母は交際していた男性と結婚した。相手がハワイ島勤務になったので、一緒についていったのだ。

「いや、お元気ならいいことなんだけど」

「はい」

「インタビューで、お母さんの苦労話を語っていたから」

――そんなことまで覚えていてくれたんだ。

「あー、そうですね。うちはシンママ家庭だったので、母は苦労したと思います」

「うん」

「でも、わたしが大学を卒業するのを待って結婚したんですよ」

「そうだったのか。お母さんが幸せだと聞いて嬉しいよ」

――どうして千隼さんが嬉しいの？

小さな疑問は、口に出せない。

「心置きなく娘を幸せにできる」

「……千隼さんが幸せにしてくれるんですか？」

「したいなって思ってるよ」

「恋人のふりとしては完璧なお返事ですね」

「夏乃」

耳に、彼の唇が触れた。

「ち、千隼さ……」

「こうしてると、恋人と恋人のふりの差なんてたいしたことじゃないって思わないか？」

恋人と、恋人のふりの差。

彼の言いたいことはわからなくもない。だが、やはり恋人と偽恋人には大きな相違がある。

「そばにいられるなら、俺はどっちでもいいよ」

「あの、それってどういう意味……」

「この先を聞きたいなら有料だけど？」

「お金をとるんですか？」

冗談なのか本気なのか。知りたいけれど、知りたくない。

もし夏乃をからかっているだけだったら、きっと傷つくことになる。

――だから、わたしの気持ちは絶対知られないようにしなきゃ。

「ちなみに、支払いはキスしか受け付けてません」

「おやすみなさい！」

「お支払い、してほしかったのになあ」

「っっ……」

「おやすみ、夏乃」

――今夜、わたしはちゃんと眠れるのかな。

小一時間ほど、彼の腕の中で夏乃は眠れずに時間を過ごした。けれど、気づいたときには眠りの海をさまよっている。

千隼のベッドで眠る夜は、静かに更けていく。

第三章　告白　初めての夜に

目覚めると腕の中に夏乃《かの》がいる。

――ああ、かわいい寝顔だ。

彼女の眠る姿を確認し、千隼《ちはや》はひたいに鼻先をすりつける。背中を怪我した日から、彼女は毎晩の添い寝に応じてくれるようになった。恋人のふりをするために必要だとうそぶいたのも効果的だったらしい。

――夏乃は、思っていたよりずっと華奢《きゃしゃ》で儚《はかな》げで、やっぱり芯は強い。

もう、すでに彼女に夢中だった。

思えば最初から夏乃は特別だったし、なんなら特別でなくたって同じ気持ちになった自信がある。

恋とは、そういうものなのだろう。

究極のえこひいき。彼女だけを特別扱いしたいと思う、この気持ちが恋だと知って。

いっそ恋人のふりだなんて曖昧《あいまい》なことを言わず、きちんと告白したいと思う日もあった。

同時にまだ夏乃の気持ちが追いついていないことも知っている。

このまま、少しずつ距離を詰めていこう。恋人のふりをしていたことなんて、ほんとうの恋人になってしまえばなかったことも同然だ。

——俺の理性がどこまで持つかが問題だな。

寝息を立てる夏乃がかわいくて仕方ない。

ほんとうなら、今すぐ彼女に触れて甘い声を聞いて、奥の奥までつながりたい。けれど夏乃が経験がないことを知っているのに、強引に体を奪うのは千隼の流儀ではない。彼女に幸せでいてほしいのだ。できるなら、自分が夏乃を幸せにしたいと強く願っている。

彼女に受け入れられたい。求められたい。同じくらい好きになってもらいたい。

「早く俺の気持ちに追いついて、夏乃」

「ん……ちはやさん……？」

寝起きの彼女にキスしたいのを、ぐっとこらえて頬にキスをした。

面食らった夏乃が、ぱっと体を引く。

「なっ、何するんですかっ」

「おはようの挨拶《あいさつ》だよ？」

「ここは日本です」

「我が家は治外法権なので」

「そんな治外法権はありません……」

顔を赤くした夏乃が頭までガーゼケットを引き上げた。ならば、と千隼も一緒にもぐって、顔を近づける。

キスの衝動に、彼女の頬を手で撫《な》でた。

「……ダメ」

「ほんとうに?」

「う……」

「夏乃、ほんとうに駄目《だめ》?　俺とキスするのは嫌ってこと?」

「っっ……恋人のふりは、キスが含まれるかどうかの問題で!」

「じゃあ、してみてから、ありかなしか考えるのはどう?」

腰を抱き寄せ、唇を近づける。

彼女を欲して昂《たか》ぶる体を、夏乃は知っているのだろうか。

「ちはや、さん……」

「うん?」

わざと腰を押しつけて、彼女の反応を探る。

「あ、あの、すごく当たってるんですけど!」

「そうだね」

「少しは恥じらいというものを……ん、んっ」

――恥じらう夏乃はますますかわいい。

「いい子にしてないと、襲われちゃうかもしれないよ」

愛らしい唇に、指で触れる。

このまま、唇を奪って何も考えられなくなるまでキスしたらどうなるだろう。

――間違いなく、夏乃は逃げる。だから、俺は我慢しなければいけない。

だが、どうしても触れたい。

どうしてもキスしたい。

「……いい子にしてるので、キスだけで、ちゃんとやめてくれます……？」

「約束する」

初めて、夏乃からキスの許可をもらった朝。

「夏乃、こっち向いて」

「は、い」

まだ彼女が寝ぼけていたとしてもかまわない。あとになって後悔するなら、そのときにはもっとキスして思考を奪えばいい。

乱暴な欲望と、優しいくちづけ。

彼女の唇は、少し冷たかった。夏だというのに、手足がひんやりしている。緊張のせいか。

あるいは末端冷え性なのか。

「ん、んっ……」

せつなげに声をもらす夏乃がかわいくて、優しいキスで終わりにできなくなる。

——キスの許可はもらっているんだから、このくらいは許してほしい。

あえぐ唇に、舌を這わせる。彼女の体がビクッとこわばるのを感じた。

「夏乃、舌を出して」

「そ、れは……」

「だいじょうぶ、これはただのキスだよ？」

顔を真っ赤にした夏乃が、おそるおそる舌先を見せた。

もう、待ちきれない。

千隼は彼女の舌を貪《むさぼ》るようにくちづける。

「んっ……！」

強引に舌を絡め、甘く吸い上げた。

夏乃の唾液を飲み干すほどに、下腹部に血が集まっていく。

「千隼さ……んっ」

「まだ足りない」

「待っ……」

「ごめん、無理」

余裕のないキスが、いっそう深まっていく。彼女の舌を追いかけて口腔を舐《ねぶ》る。唇だけではなく、体中すべてを愛したかった。

「っ……は、ぁ……」

白い喉を反らした彼女の甘い声に合わせて、細い体がベッドの上で弾む。

――好きだよ、夏乃。

「千隼さん……」

「うん？」

「これ以上、したら……」

かすれた声が、色香を放つ。

――これ以上、したら？

彼女の言葉の続きを待つ体が、ぞくりと粟立《あわだ》った。

「遅刻しちゃいます！」

どん、と肩を押されて、千隼は愛しい偽恋人から引き剝《は》がされる。

逃げるようにベッドから起き上がる夏乃を見送り、キスさせてもらえただけでも幸せだと思った。

無論、下半身が同じ考えだったかというのは別問題である。

ノースリーブのブラウスに、薄手のUVカットカーディガン。真夏の気温に、毎日の洋服を選ぶのが楽になる。だいたい毎日、薄着にカーディガンで済ませてしまう雑なファッションだ。

・・・・・|・・・・・・・・・|・・・・・・

「桐沢《きりさわ》さん、あの」

媛名《ひめな》に声をかけられて、すぐに何か相談があるのだなと勘づいた。

同時に、彼女のシフォン素材のワンピースがあまりにかわいらしくて目がくらむ。

だが、そんな気持ちはとりあえず横に置き、仕事モードで対応する。

「よかったら休憩所で話しましょうか。ちょうど喉が渇いていたんです」

椅子《いす》から立ち上がった夏乃に、媛名がぱっと表情を明るくした。

「はい、ぜひ!」

彼女のインターン期間もそろそろ終わりが近づいている。

その後どうするのか、どうしたいと思っているのか、面談の予定は入れてある。

——でも、きっと今日は違う話なんだろうな。

休憩所につくと、ふたり分の缶飲料を購入する。ベンチに腰掛けて、媛名の話に耳を傾《かたむ》けた。

「もしかしたらもう気づいていらっしゃるかもしれないんですが、わたし……」

「どうしました？」

彼女から仕事関連の相談を受けたことがない。

別にそれが悪いという話ではないが、今回はなんとなく察しがついていた。

──尋也《ひろや》か雅也《まさや》くんに恋してるって話だよね。問題は、どっちも恋愛対象としては……

尋也は既婚者なので恋したところで未来はない。むしろ未来があったら、絶対に止めたいところだ。

雅也については、夏乃が勝手に語るわけにいかないのが悩ましい。彼は同性愛者なので、女性が恋愛対象ではないと本人から聞いている。

「あの、わたし、先日から気になっている方がいるんです！」

──うん、それはなんとなく知ってた。

「そうなんですね」

「でもわたしのことなんて、たぶん相手はぜんぜん知らなくて」

「はい」

──よし、尋也ではないと見た。

とりあえず、尋也を好きだと言い出されるのがいちばんまずい事態に陥《おちい》るので、それを回避できたことに安堵する。

「ほかに好きな人がいてもかまわないんです。ただ、気になって、もっと知りたくて……」

「特定の恋人がいる人なんですか？」

「……わからないんです」

もし媛名が既婚者の尋也を好きだというのなら、その恋は応援できない。夏乃は理央の友人だし、自社の社長が不倫なんてしたらたまったものではない。

——だけど、もし相手が尋也だった場合でも好きでいるだけは自由だ。それすらも禁止する法律はない。花房《はなぶさ》さんの気持ちは花房さんのもの。

「社長の弟さんって、よく会社にいらっしゃるんですか？」

「最近はあまり顔を出すこともないんですが、そうですね、たまには」

「そうですか……」

わかりやすく、しゅんと肩を落とした媛名の恋は前途多難だ。

——だったら、わたしは？

夏乃の恋だってじゅうぶん前途多難な気がする。告白なんてできそうにない。なのに、今朝はキスを受け入れてしまった。

——あんな、恥ずかしいキスをされるなんて思ってもみなかった。

千隼に心惹《ひ》かれている。

だから、彼を拒めなくなってきている。

今朝はキスだけで済んだけれど、もし次に彼がその先を求めたら、夏乃はどうしたらいいのだろうか。そもそも、どうしたいのだろう。

毎晩同じベッドで眠っていながら、いざそういうことになったら拒むというのも、なんだかおかしな話に思えてくる。だったら、添い寝を断ればいい。だけど、彼と一緒にいたいと思ってしまうのだ。この気持ちをどう整理すればいいのかわからなくなる。

――わかってる。お互いに大人なんだから、つきあうとか恋人とか、そういう関係性の名目がなくても合意さえあればしてもいいんだ。そういうことになって、後ろめたく思う必要はない。だけど……。

彼が紳士でなかったら、もうとっくに夏乃は処女でなくなっていただろう。

「はあ……」

媛名がため息をこぼす。

ほぼ同じタイミングで、夏乃も小さく息を吐《つ》いた。

冷房の効いた小さな休憩所には、恋の悩みが渦《うず》を巻いている。

……………………

その日の夕飯は、麻婆豆腐とほうれん草のナムル、鶏もも肉と豆もやしのごま油炒め、中華風卵スープに炒飯だった。

夏らしい、スタミナとさっぱりの同居したメニュー。食欲をそそるごま油やニンニクの香りに、夏乃はまだ昼間の媛名との会話を引きずっている。

好きだと言えば、何かが変わるのは明白だ。

それがいい方向の変化なのかどうかの保証はない。ただ、変化はある。

——そもそも、大人の恋ってどういうのが普通なの？　きちんと告白から始まるの？　はっきりした始まりがないものなの？

夏乃だって二十六歳の健康な女性だ。彼に触れたいとも、触れられたいとも思う。恋愛感情ありきの欲望をしっかり持ち合わせていた。

ふう、と息を吐いたところに、千隼が心配そうな顔で「夏乃」と呼びかけてくる。

「今日はずいぶん考えごとをしてるみたいだけど、何かあった？」

「あ、えっと、会社で少し……」

「困ってるなら話して。誰にも言わない。夏乃の王様の耳はロバの耳の穴になるよ」

こんな美しい穴があったら、誰でも秘密のひとつやふたつ、打ち明けてしまうのではないだろうか。

ただし、夏乃の悩みの種は千隼当人である。

「インターンの子から恋愛相談っぽいものを受けていて」

「うん」

うなずく千隼が、優しい目でこちらを見つめている。

――なんだろう。なんだか緊張しちゃうなあ。

「その相手がもしかしたら、社長かもって最初思っていたんですけど」

「彼、既婚者だよね？」

「はい。だから問題だなって。でも、社長本人ではなかったんですね。たぶん社長の弟さんに興味があるらしくて」

「弟は独身なのかな？」

「はい。昔から知り合いで、一時期アラカミニングで働いていたこともあるんです」

「ふうん」

急に彼の温度が下がった。

――ん？　どうして？

「続けて？」

「あ、はい。それでまあ、弟さんにも諸事情があっておそらく恋愛関係になるのは難しいというか」

「夏乃は、その諸事情も知ってるんだ？」

「そうですね。つきあいは長いので」

「ふうーん?」

先ほどより、さらにわかりやすく不機嫌を示してくる。

これはなんのアピールだろう。つまらない恋愛相談にまじめに答えている夏乃を愚かしいと思ったのだろうか。

「でも、事情のある相手を好きになっても告白しなければ自由なのかなって考えていたんです。たとえ既婚者でも、恋人のいる人でも、恋愛関係になれないとわかっている相手でも、心の中で好きでいるのは自由ですよね。想うだけなら、自由」

「うん」

「ただ、やっぱり想っているのが知られたら場合によって、相手かそのパートナーを不快にすることもあるのかなって思います」

「……」

返事がなくなった。

千隼は、じっと夏乃を凝視している。

その瞳に、疑いのような感情が見え隠れしていた。

「俺だって不快だよ」

「え?」

突然の発言に、聞き間違いかと彼の顔をまじまじと見つめる。

「俺だって、きみが誰かほかの男を想ってるみたいな話をされたら不快だって言ったんだ」

――わたし、そんな話してないと思うんだけど。

「あの社長だけでも、夏乃と親しくてじゅうぶん嫉妬の対象だ。それが、独身の弟まで割り込んでくるなんて思いもしなかった」

「えっと、雅也くんは――」

「夏乃」

テーブル越しに身を乗り出した千隼が、夏乃の唇の前に人差し指を立てる。

「俺はこう見えて狭量な男なので、きみがほかの男の話をしているのを聞くのが苦手だよ」

「……っ、そうじゃなくて」

「そうじゃないなら、夏乃からキスしてくれる？」

冷たい目のまま、彼が笑う。目は笑っていなかった。

――流れがおかしいよ、千隼さん。

だが、たしかにいつもと様子の違う彼は不快だったのだろう。何が悪かったのかはわからない。だからこそ、千隼の求めるものを差し出したいと思う。

夏乃は椅子から立ち上がると、テーブルを回って彼に近づいた。

「キスしたら、機嫌を直してくれますか？」

一瞬、千隼が驚いた様子で目を見開く。

「してくれるんだ？」

「……今朝もしましたよ」

「あれは俺が一方的にしたみたいなものだから」

――じゃあ、わたしからキスするのも一方的なキスでしかないのかな。

両手で彼の頬を挟む。朝にしっかり剃《そ》っていたヒゲが、かすかに指腹に感じられる。

千隼はヒゲが薄いほうだと思っていたけれど、一日過ごせばある程度は生えてくるのだ。

朝と夕。

その違いを感じながら、夏乃はそっと彼の唇にキスをした。

千隼がしてくるような濃厚なキスは無理だ。軽く押し当てるだけの、子どもみたいなキス。

「……し、しました」

「うん。されました」

「じゃあ、機嫌……んっ、んーっ！」

腰を抱き寄せられ、強引に唇を重ねられる。

夏乃がしたのとは違う、大人のくちづけだった。

口の中に舌が割り込んできて、夏乃の舌を追い求める。甘く吸い上げられると、心があふれてしまいそうだ。

――どうしてこんなふうにキスするの？

「夏乃、もっと」

「や……」

「ねえ、夏乃、もっと俺を求めて」

長いキスの合間に、彼が名前を呼ぶ。

その声が、夏乃の心の奥の深い部分に甘い波紋を起こしていた。

もう逃げられない。この人を好きな気持ちから、逃げられそうにない。

「千隼さ……」

「俺を呼ぶかわいい声で、ほかの男の名前も呼ぶんだな。いっそ、夏乃の声が俺にしか聞こえなくなればいいのに」

――そんなことになったら、仕事もできないんですけど！

「何もしなくていいよ。誰にも会わなくていい。ずっとここにいて。俺のそばに――」

ぎゅうとすがりつくように抱きしめられ、彼のことがわからなくなる。

これは恋人のふりなのか。

あるいは、彼のほんとうの気持ちなのか――

入浴を終えて、洗面台の前に立つ。

濡《ぬ》れた前髪の下、まだ頬が赤い。これはお風呂のせいなのか。先ほどの千隼とのキスのせいなのか。

「あ、いけない。ネックレス」

入浴前にはずした満月の指輪を通したネックレスを、洗面台に置きっぱなしにしていた。

夏乃はそれを、ポーチにしまう。

――なんか、今夜はヘンな感じがする。

コンコン、と洗面所のドアをノックする音が聞こえた。

「は、はいっ」

「夏乃、だいじょうぶ？」

「え、何がですか？」

「なかなか出てこないから、湯あたりしてないかと思って」

――そんなに時間経ってたかな？

時計を確認すると、バスルームに来てから一時間が過ぎている。たしかにいつもより時間がかかっているけれど、心配されるほどでもない。

「……っていうのは建前で、ほんとうは夏乃に逃げられるのが怖いから迎えに来たんだ」

「逃げられる……？」

「さっきのキス。それから、朝のキスも」

「！　そ、それは、その」

心臓が喉元までせり上がってきたかのように、息が詰まって鼓動が響く。

「逃げないで」

せつなげな声で、彼が懇願した。

「今夜も俺のベッドで一緒に寝よう。俺は、夏乃がいるのが当たり前になってきてる」

その言葉に、自分も同じだと思い知る。

彼の体温を感じて眠る夜は、安心感に包まれていた。

いずれこの関係が終わるとき、きっと寂しくなるだろう。

――この生活は、終わる。そう思ってきた。だけどほんとうに終わるの？　好きだと言ったら、何か変わるの？

「夏乃」

「あ、はい。ごめんなさい。ぼうっとしてました」

「いいよ。いくらでもぼうっとして。だけど、俺のところに戻ってきてくれる？」

「……はい」

「ありがとう。待ってるよ」

心臓が、痛い。

痛くてたまらないほど彼のことが好きだと、自覚してしまう。

——好き、千隼さん。

今にも唇からあふれてしまいそうな恋情を、ごくりと呑《の》み込んで。

夏乃は、ドライヤーで短い髪を乾かす。

彼のもとに、戻るために。

・・・・・━・・・・・・・━・・・・・・

寝室へやってきた夏乃は、いつもより美しく見える。

短い髪も華奢な体も、変わらない。けれど、なぜだろう。千隼は彼女を見つめて、一瞬息を止めた。

「おいで、夏乃」

呼びかけると、戸惑いながらベッドへ歩いてくる。

——彼女は気まぐれな猫のようで、ときに従順な犬のような顔をする。

今夜の彼女はどちらだろう。そんなことを考えていると、ベッドの一歩手前で足を止めて夏乃が口を開く。

「わたし、流されてるだけなのかもしれません」

——流されてくれるなら、それはそれで嬉《うれ》しいよ。

そうは言えずに、愛情を込めて微笑《ほほえ》みかける。

「どうしてそう思うのかな」

「……だって、わたしたち、恋人のふりをしているだけです」

彼女の言っていることになんら間違いはない。けれど、知っていてもなお心が逸《はや》る。

「そうだね。夏乃はじょうずに恋人のふりをしてくれているよ」

うまくできていないのは自分のほうだ。

――こんなに簡単に恋に落ちるだなんて、予想もしなかった。

「だけど、流されてみるのも悪いことじゃない」

「そう、ですか？」

「俺はそう思う」

おずおずと彼女がベッドに横たわる。

毎晩こうして一緒に眠っているのに、未だにベッドに入るときに躊躇《ためら》う彼女が好きだ。

最初に、強引に体に触れたときのやわらかさを、愛しさを忘れられない。

「夏乃は、俺に流されてくれる？」

「流されませんよ」

「それは困る。多少流されてほしいんだけどなあ」

ベッドの中で、ひたいを突き合わせて笑い合う。こういう時間が幸せだ。

彼女のひそやかな笑い声は、夜の帳《とばり》の中で心地よく鼓膜をくすぐる。

ふたりのベッドの幸福を知ってしまえば、もとには戻れない。

――だけど、ふたりでしたいことはほかにもあるんだよ、夏乃。

心の中でだけそう告げて、彼女の体を抱き寄せる。

「おやすみ、夏乃」

「おやすみなさい、千隼さん」

毎晩の幸福は、毎晩の拷問だ。

彼女に触れたい、キスしたい、抱きたい。

その欲求を抑え込み、今夜も千隼は行儀よく眠りにつく。

……|……・……|……・

昨晩は、おやすみを言ってから眠るまでかなり時間がかかった。

正しくは昨晩だけではなく、彼と添い寝するようになってから連日のことだ。千隼の背中の怪我はほぼ完治し、湿布も貼らなくて良くなった。それでもまだ、彼は夜になると添い寝のお誘いに来る。

そんな生活を続けていれば、否《いや》が応でも考える。

――好きだって言うのと、抱いてくださいって言うのは、どっちが相手に負担をかけないんだろう。

結局、その答えが出ないままに彼の寝息が聞こえてきて、ほっとして眠った。そこで安堵していてはいけない。この関係を一歩進めるには、自分が勇気を出さなくてはとわかっているのだ。

新宿西口《しんじゅく》を出て、都庁方面へ向かう。

毎日、通勤に使う道を歩くのに躊躇《ちゅうちょ》はない。けれど、新しい道を歩くときにはナビがないと不安になる。

――千隼さんは、わたしの新しい道だ。

いつもの癖《くせ》で、ブラウスの上から満月の指輪を探る。

あるべきものがないことに気づき、夏乃は小さく声をもらした。

「あれ？」

――そうだ。今朝、急いでいたから着けるのを忘れてきたんだ。

洗面所の化粧ポーチに入れっぱなしのお守りを思い出して、自然とため息が出る。

今となっては、どこの誰なのかもわからない少年。

彼に返したいと思って持ち歩いていた指輪は、いつしか夏乃のお守りになっていた。受験のとき、起業のとき、新しい取引先と打ち合わせするとき。いつだって、あの指輪を服の上から握りしめていた。

夏朝の陽射しを受けて、オフィスビルがキラキラと輝いている。

まぶしさに目を細めた夏乃は、お守りを忘れてきたことにまだ気落ちしたままだ。今日はなるべくおとなしく一日を過ごそう。そう思ったのだが——

昼食を終えて本日二度目の入館をしようとしたら、IDカードをレストランに忘れてきたことに気がつく。入館ゲートはIDカードがないと入れない。

時間に余裕はあったが、走ってレストランと職場を往復し、汗だくになってオフィスビルのエントランスへ戻ってきた。

入館ゲートの手前には、応接セットがふたつある。

その片方に、見慣れた顔——媛名を見かけて夏乃は足を止めた。

一緒にいるのは、夏大島紬《おおしまつむぎ》の着物にハイブランドのハンドバッグを合わせた中年の女性である。

どちらも高級品なのはわかるけれど、いまいちバランスがよくない。ひと言でいえば、少々成金趣味に見えてしまう。

——花房さんのお母さま、ではなさそうだけど……

「媛名さん。そんなに堅苦しく考えなくていいの。あなたの将来のためでもあるんだから」

「あの、ですがわたし、まだお見合いだなんて」

「今すぐ結婚しろって言ってるわけじゃないのよ。まずは顔合わせして、お互いを知るところから始めるの。早いほうがいいじゃない」

「三雲《みくも》のおばさま、千隼さんはご了承なさってるんですか?」

聞き覚えのある名字に、ぎょっとする。

そういえば、媛名は三雲家との縁談を押しつけられそうになって困っていたのだ。

──だとしたら、あの人が千隼さんの継母?

三雲家の人間だというのは間違いないだろうが、それがイコール千隼の母親とは限らない。

そんなことを考えていると、媛名が夏乃に気づいたらしく、何か目で訴えてくる。

「あら、千隼さんは自分のお立場をよくわかっている方ですもの。そのあたりは心配いらないわ」

「いえ、千隼さんにはおつきあいをしている女性がいるんです。わたし、存じています」

──えっ、ちょっと待って。その流れはまさか……

三十六計逃げるに如《し》かず。夏乃は、IDカードを手に入館ゲートへ向かおうとしたが、

「桐沢さん、こっちです」

夏乃を呼ぶ媛名の声が、エントランスに響いた。

こうなったら仕方がない。覚悟を決めて、夏乃はふたりの座る応接セットへ近づいた。

「どうかしましたか、花房さん」

どうかしているのはこの状況だ。そんなことを思いながら、まだひたいに汗の残るまま笑顔で声をかける。

「ちょうどよかったです。今、桐沢さんのお話をしていたところだったので」

――ちょっと強引すぎるんじゃないかな。そして、わたしの立場というのを無視しすぎだと思うんですけど⁉

今さら何をか言わんやである。

「こちら、三雲キャリアプランニングサービスの副社長、三雲千隼さんの――」

紹介をしようとした媛名を遮《さえぎ》って、夏大島紬の女性が立ち上がる。白銀の帯と帯留めがきらりと光った。

「千隼の父、三雲の妻でございます。媛名さん、こちらはどなた？」

あくまで夏乃に直接話しかけるのではなく、媛名に説明を求めるつもりらしい。

「お初にお目にかかります。アラカミニング人材派遣会社取締役の桐沢と申します」

だが、ここは社会人としてきちんと挨拶をする。

夏乃は名刺を差し出した。

「まあ、媛名さんのインターン先の方ね。三雲文子《あやこ》です。媛名さんはわたくしの遠縁にあたりますの。いつも媛名がお世話になっております」

――すがるような目で見られても困る！　わたしは……わたしは……！

わ、た、し、は？

千隼の偽恋人だ。

「千隼さんからお話はかねがねお聞きしています」

堂々とそう告げて、文子にビジネススマイルを向ける。口角はきっちり上げて、目を細めて。

「……千隼さんから？」

訝《いぶか》しげな返答に、畳み掛ける言葉を選んだ。

「彼とは良いおつきあいをさせていただいております」

――恋人のふりを頼んできたのは、こういう役割を求めてるってことだよね。

会社への融資を約束してもらっているのだから、彼の求めることをするのは夏乃の果たすべきことだ。

媛名からもずっと泣きつかれている。ふたりそれぞれが同時に夏乃を頼ったのは、なんともいえない偶然だった。

約束したからには、できることをする。それが夏乃のやり方だ。

だが、それだけだろうか。

ほんとうにその理由だけで、自分は今、千隼の恋人だと名乗ったのか。

「……あら、それは聞いてないわ」

「そうでしたか。では、今度あらためて千隼さんとご挨拶にお伺いいたします」

「いえ、結構。千隼さんからお話を聞くまで、わたくしは存じないことにさせてもらいますので。ねえ、それが筋ってものでしょう、媛名さん？」

「………」

つっけんどんな文子の言葉に、媛名は同意していいものか当惑した様子で曖昧に微笑んだ。

「それではわたくしはこのあたりで。ごきげんよう、媛名さん。それから、あら、お名前を失念してしまったわ。ごめんなさいね。またお会いすることがあるようでしたら、そのときに教えていただくとします」

いやみたらしくにっこり笑って千隼の継母は去っていく。

——やっぱりお守りを忘れたせいだ。厄日だ。

夏乃が、がっくりと肩を落とすのと、媛名が「ありがとうございます、桐沢さん！」と目をうるませてこちらを見上げるのはほぼ同時だった。

そして、それを見ていた男性がひとり——


……——……・……——……

その日、帰宅すると千隼は電話中だった。

「ええ、そうですよ。何かあなたに関係ありますか？」

――え、こんな機嫌の悪そうな千隼さん、初めて。

だが、すぐにわかる。

昼休みに夏乃が出くわした三雲文子が電話の相手だ。

「そもそも私の結婚に口出しされるいわれはありません。父が何を言ったとしても、私が従う理由もありません」

通話をしながら、千隼がリビングのドアを開けた。長い脚で廊下を突っ切って、彼が玄関先までやってくる。

――わたしが余計なことを言ったから、面倒な事態になったのでは……

玄関で青ざめる夏乃を見て、彼がにっこり笑って手招きする。

電話越しの口調と、あまりに裏腹な態度に思わず目を疑った。

「セッティングされるのはご勝手に。私がそこに行くかどうかは別の話ですがね。そろそろ彼女が帰ってきましたので、電話はこのあたりで。ええ、それでは」

靴を脱いだ夏乃を見て、千隼が「終わったよ」と両腕を広げる。

「夏乃、ありがとう」

「な、なんですか、藪《やぶ》から棒に」

「継母から話を聞いた。きみが俺の恋人だと名乗ってくれたと知って、嬉しくてたまらないよ」

——いやいやいや、そういう約束でしたよね？

とはいえ、彼に相談なく彼の継母相手に恋人宣言をしたのは勝手だったろうかと思うところもあった。

「嬉しいんだ。夏乃が俺のことを考えてくれているのが伝わってきて」

彼が満面の笑みで近づいてくるのを、夏乃はかろうじてすりぬける。

「そういうお約束ですから！」

それだけ言って、急いで自室に入ると胸に手を当てて大きく息を吐いた。

——あんな笑顔、心臓に悪いよ……


食事を終え、入浴も済ませる。パジャマ姿の千隼が、

「じゃあ、寝ようか」

と両腕を広げた。躊躇していると、彼のほうから夏乃を引き寄せ、強く抱きしめてくる。

「っちょ、千隼さん⁉」

「もう、我慢できそうにない」

——何を？

「早くベッドに行こう」

「う……、は、はい」

彼のベッドに横たわると、いつもなら緊張と静寂の夜が訪れるのにこの日は違っていた。

「夏乃、ありがとう」

「お母さまの件だったら、ただ約束どおりのことをしただけですから」

「違うよ。きみが俺のことを考えてくれているのが嬉しいって言ったよね？」

「そ、それはまあ……」

考えている。一日中、彼のことばかり考えてしまう。

気づけば仕事中でも、食事の最中でも、シャワーを浴びているときも、駅のホームで電車を待つときも、千隼を思い出さないことはなかった。

彼は夏乃の頬をそっと撫で、静かな目で見つめてきた。

「好きだ、夏乃。俺はきみのことが好きだよ」

「……っ……!?」

信じられない言葉を耳にして、夏乃は目を瞬《しばたた》かせた。

彼が、こちらの目を見てもう一度、

「好きすぎて、どうしようもない」

と甘い声でささやく。

「……こ、困ります。わたしたち、ライバル会社の……」

実際は、尋也が勝手にライバル視しているだけの話ではあるが。

「そんなの関係ない。きみの心にほかの男がいたって構うもんか。俺はきみが好きなんだ」

——ほかの男って誰⁉

思いがけない発言の連続に、夏乃は何を言えばいいのかわからなくなる。

「好きだ。夏乃がほしい」

「千隼さ……んっ、んん……！」

こんな濃厚なキスをされるなんて、現実とは思えない。少なくとも夏乃の人生に、こんな夜はなかったはずだ。

キスにあえいでいた唇が解放されると、千隼はそのままパジャマの胸元に顔を埋める。

「きみを知りたいと、ずっと思っていた」

彼がどんな表情でその言葉を口にしているのかわからない。

——わたしを、知りたい？

「だが、知りたいというのは俺の一方的な欲求だ。夏乃は言いたくないこともあるだろうし、それを言わない権利があるよ」

「え、えっと……」

「ただ知りたいんだ。きみを知りたい、もっと」

唐突に、彼の手が脇の下へ移動した。いや、違う。それは脇よりももっと前面。乳房の裾野に添えられていた。

「ち、千隼さん、急に何を……っ」

「わかってる。きみが初めてだってことも、俺の恋人のふりをしてくれているんだということも、ちゃんとわかっている。だけどもう無理だ。もう、我慢できない。夏乃、俺を受け入れてほしい」

「……っ……千隼、さん……」

夏乃の太腿を跨《また》いで膝立ちになった彼が、パジャマの上着を脱ぎ捨てる。それがやけにゆっくりと、スロー再生のように落ちていく様《さま》を夏乃は見送った。

「……わたしたちは、恋人のふりをしているだけです」

──偽《いつわ》りの恋人関係。だけど千隼さんはわたしを好きだと言ってくれている。わたしも……ううん、わたしのほうが……

心も体も、彼を求めているのは夏乃のほうだ。

「そう答えるのは、わかっていたけどね。だからこれからすることは──ほんとうの恋人のすることだよ」

「そんなこと……っ……ん、んぅ……っ」

反論はキスで閉じ込められた。言葉の続きが彼の喉に嚥下《えんげ》されていく。

情熱的に唇を求められ、夏乃の体の奥でもどかしい疼《うず》きが生まれた。知らないとは言えない。前回彼に触れられて、この体は知ってしまった。

肌を暴かれる、その悦《よろこ》びを――

「いつかきみが、俺から離れたくなるときに思い出して」

半分脱がされたパジャマが、夏乃の動きを封じていく。けれど、抗《あらが》う気持ちはなかった。

――わたしが、千隼さんから離れたくなる？

「っ……あ、あっ」

空気に触れた肌の上を、彼の指がたどっていく。

細い腰からゆっくりと胸の輪郭をなぞって、早くも屹立しはじめた先端をかすめた。

「ん……っ……！」

びく、と体が震える。怖いのではない。この先を期待しているのだ。

いけないことだと思う反面、たとえ恋人でなくとも体を重ねるくらいは許されるのかもしれないと思う自分がいる。

――こんなふうに求められたら、自分を隠せない。わたしも、千隼さんに触れられたいって思ってるんだ。

「ち……はや、さん……っ」

「きみを初めて奪うのは俺だよ。この愛しい体をほかの誰にもわたさない」

「や……、あ、待っ……」

胸の先に、彼の唇が触れる。次の瞬間、体の奥深くから何かを吸い出すように、彼が乳首を唇で甘く食《は》む。

――いや、いや、こんなに気持ちいいこと、もう教えないで……！

腰が浮くのを止められない。

「ひ、ぅ……、そんなに吸わないで……」

「嫌い？」

「き……もち、いいから、ダメ……っ」

涙声で告げると、彼はいっそう強く夏乃を乱す。膝まで引き下ろされたパジャマのボトムスが、あがく両脚を食い止めていた。

「気持ちいいなら、もっとしよう。夏乃、このきれいな肌に俺の痕《あと》を残したいんだ」

「っっ……、わ、かんな……あ、あ！」

敏感な部分ではなく、乳房の膨らみに彼が吸いつく。痛いほどに強く吸われて、夏乃は彼の肩に必死でしがみついた。

千隼の唇が触れる部分がじんと熱い。

ぷは、と彼が顔を上げると、胸の膨らみに淫らな花が咲いていた。

「キスしながら、感じさせてやる」

「あ、ああ、ダメなの。ほんとに……」

──これ以上されたら、気持ちをおさえきれなくなる。それは絶対、いけないことだってわかってるのに。

彼が左右の胸を手のひらであやしながら、顔を近づけてくる。互いの唇が今にも触れそうな距離まで来たとき、夏乃は静かに目を閉じた。

いけないことは、気持ちがいい。

こんな背徳感、知らないままでいたほうが良かったのだろう。

「いいのかな？　目を閉じている間に、何をされるかわからないよ？」

「……っ、だって、わたし……」

薄く開いた口に、ねっとりと舌が入り込んできた。

「んんぅ……ッ！」

逃げを打つ夏乃の舌を、千隼がしっかりと搦《から》め捕《と》る。螺旋《らせん》を描くように彼の舌が蠢《うごめ》き、ちゅくちゅくと淫靡《いんび》な水音が鼓膜を震わせた。

同時に双丘を揉みしだかれ、頭の中が真っ白になっていく。あるいは、真っ赤に染まっているのかもしれない。何も考えられない、この快感以外は。

さっきは胸の頂《いただき》を刺激してきたのに、今の千隼はあえてその部分を避《さ》けて触れてくる。やわらかな肌を弄《もてあそ》ぶ素振りで裾野から持ち上げては放し、左右から寄せては指を柔肌に食い込ませてくるのだ。

「夏乃の肌、手のひらに吸いついてくる」

「知らな……っ……」

「知らないふりをしないで。ほら」

下から胸を強調するように持ち上げ、彼はふっと片目を細めた。

次の瞬間、彼の手で支えられていた乳房がぷるんと手のひらからこぼれる。そのときに、先端が千隼の手のひらにかすめた。

「あァッ……！」

焦《じ》らされたせいで、わずかな刺激にも体が鋭敏に反応してしまう。

それどころか、もっとさわってほしいと夏乃は無意識に体をくねらせていた。

「どうしたの？　いやらしく俺を誘ってくれるのかな」

「う、うう、だって、千隼さんが……」

「俺が？」

「……さわって、くれないから……っ」

涙目で見つめた先、彼は支配者の笑みをたたえている。はしたないほどに乳首を充血させた自分が何を求めているか、千隼は知っていたのだ。

「素直なところもかわいいな。ここを弄られたい？」

括《くび》りだされたように凝《しこ》る先端を、左右同時に指できゅっとつままれる。

「ひぅ……ッ」

「ほら、夏乃。ここだろう？　かわいい乳首を、俺にもっと感じさせてほしい？」

「ぁ、ああ、そう……です……ッ」

自分が自分ではなくなってしまう。怖いほどに、彼の与える快楽を欲していた。根元をつままれ、コリコリと指腹でこすり合わされる。すると、触れられていない腰の奥に響くほどの佚楽《いつらく》が全身を駆け巡っていく。

──恥ずかしいのに、我慢できない。もっとさわってほしい。千隼さんに、わたしを……

「……し、て……」

「ああ、感じさせてあげる。俺がほしくておかしくなればいいよ」

「おかしく、して……」

まなじりに涙をためて、夏乃は愛しい男に懇願した。

奥歯を噛《か》みしめても、声を我慢できない。右手の甲を自分の口に押し当て、必死に体の悦びを呑み込もうとする。それでも鼻から抜ける甘い声は、留めようがなかった。

「んん、ん、ぅ……っ」

「声、我慢しようとしなくていいんだ」

彼の言葉に、夏乃は弱々しく首を横に振る。やわらかな髪が肩口で揺れた。

「だったら、我慢できなくしようかな」

あたたかな両手が胸から離れ、夏乃は反射的に彼の手を引き留めようとしてしまう。もっとしてほしいのに、やめないで。そんな気持ちがあふれてくる。

「やめるわけじゃない。かわいい顔で俺を見ないでよ。こっちは限界まで我慢を強いられるってわかってる？」

「そ、れは…………」

彼の言葉の意味がわからないほど、夏乃だって世間知らずではなかった。

そして男性の生理現象だって、一般的な知識くらいは持ち合わせている。

身に着けたままの下着は、熱く濡れて肌に張りついている。千隼はその上から、夏乃の亀裂をなぞるように指一本を縦に動かした。

「！　っ……」

声にならない声が、喉を震わせる。

「ああ、ずいぶん熱くなっているんだな」

「やめ……、み、ないで……」

けれど、彼は夏乃の制止の言葉を聞きながら、下着の縁に手をかけた。くるりと果実の皮を剝《む》くように薄い布地を引き下ろされる。

「っっ……！　や、あっ」

陰部から下着に透明な糸が引いているのを見て、夏乃は両手で彼の目から下腹部を隠そうとする。

「隠さないで。全部見せて」

「千隼さ……」

「きみを全部見たい」

熱を帯びた声に、逆らえなくなる。震える指先が、力なく体の両脇に落ちた。

「こんなに感じてくれるのに、きみは俺の恋人じゃない」

誰も受け入れたことのない柔肉に、彼の唇が近づいてくる。しとどに濡れた亀裂を、千隼の目が捉えていた。

「それでもいいと言ったら？」

「ゃ……そ、んな、ダメです……」

「駄目だと言いながら、夏乃のここはどんどん濡れてくる。いやらしくてかわいいな」

「違う、わたし、わたしは……あ、アッ……!?」

じゅう、と何かを吸い出される。それは夏乃が感じている証であり、体が反応しているゆえにあふれた媚蜜だ。

千隼は蜜口に唇を押し当て、激しいキスをするように強く吸い上げる。

「ひぁ、あ、ああっ……」

それまでとはまったく違う快楽に、腰が跳ね上がるのを止められない。このまま、無理やり彼に奪われたら――そんな妄想が彼の言葉で頭の中に根を張っている。

吸われるほどに、蜜があふれるのがわかる。隘路《あいろ》を伝って、夏乃の中を淫らに濡らしていくのだ。

最初に、激しいキスのようだと思った。

だが、次第に自分の考えがまだ甘かったと悟る。

「い、やぁ……っ、中、舌入れちゃダメぇ……！」

にゅぷ、と蜜口の先へ彼の舌先が進んでくる。どうしようもないほどに感じている夏乃を、まだ追い詰める気なのか。千隼は秘所だけではなく胸への愛撫も怠《おこた》らない。

乳暈《にゅううん》まで薄赤く染まった先端を、指先で転がしながら舌で体の中を探ってくる。

「千隼さ……っ……も、ダメ、もぉ、おかしくなっちゃう……っ」

「まだだろ？」

「やぁ……ッ」

これ以上ないほど舌がめり込んできた。腰は、陸に打ち上げられた魚のようにビクビクと跳ねている。

「ここはまだ、手つかずだよ」

「え……………？」

不安に首を上げ、彼がどこを指しているのか目視で確認しようとする。

それよりも早く、千隼の舌が秘められた花芽を探り当てた。

「ッッ……！　は、アア、ぁ、やぁ……ッ」

ほんの一瞬の出来事だった。

蜜と唾液にまみれた快楽の粒は、彼のひと舐《な》めで絶頂へと夏乃を解き放つ。

──何、これ……⁉　いや、怖い。こんなに気持ちいいなんて、もうムリ……！

ガクガクと膝が震える。達してしまったのだ。

「ほんとうに、純真な体なんだな。まっさらだ。俺が全部、夏乃に教えたいよ」

「ふ……っ……ぁ、あ、今、は……」

「イッたばかりで悪いけど、もう一度だね」

──え……？

信じられない言葉に、涙でにじんだ目を瞠《みは》る。

「ん、く……ッ」

今度は舌先を蜜口に埋め込み、濡れた花芽を指で弾《はじ》かれた。トントンとノックするように
つぶらな突起を撫でられると、痛みにも似た強い快感で全身がわななく。

「やぁ……ッ、ダメ、お願い……っ」

懇願の声もむなしく、彼の舌は夏乃の中を激しく蠢いた。

快楽の波が、幾度も夏乃をさらっていく。寄せては返すその波に、心も体も流されてしま

う。

「夏乃、イキそうならちゃんと言ってごらん」

「ひぁ、ああ、あ、っ……」

「俺に感じさせられて、イクんだろ？」

「わ、たし……っ」

体の輪郭が溶けてなくなってしまう気がした。快感だけが脳を支配する。

「ちゃんと言って。誰に何をされて、どうなるのか」

「ぅ、千隼、さんに……」

「俺に？」

「舌と、指で、やらしいこと、されて……」

張り詰めた花芽を、彼は指腹で押しつぶす。

「ひッ……！」

「ほら、続きは」

「イッ……ちゃう、千隼さんにいっぱいされて、イッちゃうの、イク、もうイクぅ……ッ」

臀部を伝った媚蜜は、シーツをぐっしょりと濡らしていた。

狂ってしまいそうな悦楽の夜に、夏乃は泣きながら彼の名前を呼ぶ。

約束どおり、千隼は夏乃を最後まで奪うことはしなかった。それは、体の話だ。

――心は、もう千隼さんに全部奪われてる。千隼さんにわたしの心が抱かれてしまった。

教え込まれた甘い佚楽は、夏乃を支配していた。

たとえ体をつないでいなくとも彼に教えられた快楽のぶんだけ、夏乃はもう戻れない場所に足を踏み入れている。

すべては、時間と同じで不可逆なのだ。

禁断の果実を齧《かじ》った過去は、決して消えない。

「千隼さん……」

「うん」

「……して、ください」

夏乃の言葉に、千隼が息を呑んだ。

――あなたを、受け入れたい。

・・・・・・━・・・・・・━・・・・・・

「っ……ぁ、あ、あぁッ！」

ベッドの上、夏乃は浅い呼吸で嬌声《きょうせい》をもらす。

「や……、千隼さん、もぉ……っ……」

「ゆっくり感じて。夏乃の上気した顔を見るの、たまらなく興奮する」

さわさわと表面の皮膚に触れるか触れないかの距離で、彼の指が胸の先端をかすめる。

一糸まとわぬ姿で彼のベッドに横たわり、夏乃は体がもっと先にある悦びを欲しているのを感じていた。

「ひぁんッ！」

指を引っかけるようにして乳首を弾かれると、自分から腰を揺らしてしまう。けれど、彼はすぐにまたくすぐるような弱い刺激ばかりを繰り返す。

――いじわるしないで。もっとして、お願い……

しかし、焦らされれば焦らされるほど、夏乃の体の奥に甘い澱《おり》がたまっていく。それは甘く蕩《とろ》けて隘路を伝い、きゅっと閉じ合わせた内腿まで濡らすほどだ。

「そんなに脚に力を入れていたら、この先がつらいよ？」

「で、でも……」

「ほら、力を抜いて」

彼は鼠径部《そけいぶ》にちゅっとキスを落とす。先ほどの愛撫で亀裂の内側はぐっしょりと濡れている。それが恥ずかしくて、夏乃はいっそう膝頭をくっつけた。

「夏乃」

「っっ……」

「夏乃？」

疑問形で名前を呼ばれているけれど、何かを尋ねられているのではない。その声には「わかるだろう？」と子どもを諭《さと》すような響きが含まれていた。

「〜〜っっ、わ、わたし……」

「自分でできないなら、俺が手伝うしかないか」

ふっと目を細めた千隼が、薄く開いた口から舌先を覗《のぞ》かせる。濡れた舌がやけに淫靡に舌なめずりするのを見て、夏乃はかあっと頬が赤らむのを感じた。

あの舌で、もっと乱されたい。

ねっとりと舐められて、おかしくなるほどに何度も感じたい。

首筋がぞくぞくと粟立つのは、処女のままで快楽を体に仕込まれた結果だろう。

閉じた太腿に、彼がちろりと舌を躍らせた。濡れた感覚に、肌がいっそう敏感になる。力を入れた膝が、がく、と揺らぐのがわかった。

「太腿からゆっくり近づいていく。夏乃の、ここに——」

「んぅ……ッ、あ、ァ、千隼さ……っ」

ほっそりとした太腿は、きつく閉じ合わせていても逆三角の隙間ができる。そこに彼の舌が向かっていくのだ。

——千隼さんの舌が、わたしの……

「ここにキスされるの、好き?」

亀裂の始まる直前に舌をあてがい、彼が上目遣いで尋ねてきた。

「ぁ……っ……そこ、に……」

「好きなら言ってごらん。夏乃がほしいものをいくらでも与えると約束するよ」

ごくりとつばを飲む。ほしいものは、彼。三雲千隼がほしい。

全身が薄赤く染まっている。彼がほしくてたまらなくて、体中が訴えている。

「——ち、はやさんが、ほしいです……」

「ははっ、気が早いけれど素直でかわいいな。ちゃんと夏乃をもらうよ。その前に、まずはキスからだね」

柔肉を舌先が甘く割り開く。すでにぷっくりと膨らんでいた花芽に、彼の舌が触れた。

「あ、ァあ、ああッ……!」

シーツの上で腰をくねらせ、夏乃は自分から感じやすい部分を彼の口に押しつけるような動きをしてしまう。はしたないとわかっているのに、自分でもどうしようもない。左右に揺らした腰のせいで、花芽の上を千隼の舌が往復するような快感があった。

「夏乃の体は焦らされるだけで、たっぷり濡れるんだな」

「そ、れは……っ」

「いいんだ。夏乃の心も体も俺をほしがってくれてるのが伝わるよ」

いつの間にか力の抜けた左右の膝を、彼が大きく開いた。

「っっ……！」

秘められた部分が、あらわになる。彼の目の前で自分のすべてをさらしているのだ。

「み……ないで、ください……」

「嫌だ」

ゆっくりと、そしてはっきりと拒絶の言葉を紡ぐ千隼の声は、その言葉と裏腹にひどく優しい。

自分でもわかるほど、夏乃は濡れていた。媚蜜がしっとりと肌を覆《おお》っている。臀部を伝ってシーツまでこぼれていくのを感じて、今さらながら「タオルを」と言いかけた。

「いいんだ」

「千隼さん」

「いいんだよ。シーツが濡れたからどうだっていうんだ。俺は、今から夏乃を抱く」

確固たる信念を感じさせる彼の声が、夏乃の体に降り注ぐ。

「は……じめて、なんです……」

「ああ」

「だから、あの……」

作法を知らず、おかしなことをしたら教えてほしい。できることなら、少しだけ優しくし

てほしい。そんな気持ちをどう言葉にするか悩んでいると、

「あ、ッ……!?」

油断していた体に、甘い快感が襲いかかってきた。

両手で夏乃の柔肉を左右に押し広げ、その中心に千隼が舌をひらめかせる。

「っっ……ふ、ぅ……ッ、そこ、あ、ああっ」

「ゆっくり慣らしてから、夏乃を抱きたい。きみの中を少しでも傷つけないように」

――傷をつけて。一生消えないくらいの、忘れられなくなるような傷を……

舌で包皮を押し上げられ、夏乃の花芽が剝き出しになる。そこに千隼が、ちゅっと音を立ててキスをした。

「ひっ……！」

「痛い？」

「ち、が……っ……、んく……ッ」

キスひとつで、今にも達してしまいそうなほどに体が追い立てられる。

「だったら、もっと吸って、舌で舐《ねぶ》って――」

「ア、ああ、やだ、それダメ、すごいっ……！」

濡れた蜜口がきゅうと引き絞られる。空白の隘路が何かを押しつぶすように収斂《しゅうれん》した。

千隼は重点的に花芽を愛でてくる。唇でやんわりと食み、突起の先端を舌でつんつんとつ

ついては吸い上げる。

神経に直接触れられるような、強すぎる刺激だ。ビクビクッと腰が跳ね、おかしいほどに声がもれる。

「イッ……ちゃう、そんなの、我慢できな……あ、アぁ、あッ……また、イクっ……！」

ひときわ強く吸われて、夏乃は全身をこわばらせた。

「夏乃のイク顔も声もかわいい。たまらないな」

ベッドにしどけなく四肢を投げ出した夏乃を見下ろし、彼は極上の笑みを浮かべる。

膝立ちになった千隼の下腹部に、パジャマ越しにもひどく昂《たか》ぶる存在があった。薄目でそれを確認し、夏乃はこの先の行為に想いを馳せる。

――千隼さんの、全部がほしい。

自分の体の内側に他人を受け入れるだなんて、普通に考えたら怖くて仕方がない。

初めては痛いと誰もが言う。

「千隼さん……」

甘く蕩けた声で彼の名前を呼ぶと、夏乃は自分が世界一幸せな存在だと思った。

「きつそうで、かわいそう、です」

夏乃の言葉に彼が小さく笑う。

「張り詰めてるのはたしかだけど、そこまで待てない男じゃないよ」

「だって、さっきからわたしばかり……」

「心配しないで。今夜はちゃんときみを感じさせてもらう。途中でやめない。夏乃が泣いても、やっぱりやめてって言っても、全部奪うから」

伝わってくる。千隼がどれほど優しい人か、夏乃は知っている。

「きみを奪わせて、夏乃」

「う、ん……」

唇を重ねると、泣きそうになる。

互いの舌を絡ませ、きつく抱きしめ合って。

千隼が、枕元に置いていた避妊具のパッケージを破る。

それが合図だった。

人間の体というのは、不思議だ。

彼の反り返る劣情を蜜口に押し当てられ、夏乃はきゅっと目を閉じる。

——あんな大きいのが、ほんとうに入るの……?

「夏乃、怖い?」

何か言ったら泣いてしまいそうで、夏乃は子どもがイヤイヤをする素振りで首を横に振った。

「いいんだ。素直になって。俺だってきみを傷つけるのは怖い」

「……千隼さんの、好きにされたい」

あてがわれた亀頭が、夏乃の言葉に呼応するのか、ピクッと動く。わずかな刺激も、とろとろに感じた体は敏感に感じ取る。

「そんなことを言うのは、どれほど危険かわからない？」

——わかってる。何をされたっていい。わたしは千隼さんにされることなら、きっとなんだって嬉しい。

「それとも、ほんとうはわかっていて俺を煽《あお》ってる？」

「や、あ、あっ」

切っ先が、夏乃の蜜口にめり込んでくる。強引に押し込まれるのではなく、鼓動の速度に合わせて受け入れやすいように体を開かれていく。

「違う、わたし、そんな……」

「だったら、好きにしてほしいなんて言っちゃ駄目だよ」

先端だけを浅く埋め、千隼が夏乃を優しく抱きしめた。

「きみは、とても大切なこの世にたったひとりの人間だ。自分を粗末《そまつ》にする発言は許さない」

「千隼さん……」

「そもそも俺の好きになんてさせたら、どうなると思っているんだろうなあ」

——どう、なっちゃうんだろう。

投げやりなつもりはないが、彼の思うがままに抱かれてみたい。この気持ちは、男性である千隼にはわからないのだろうか。

「……どうなるのか、教えてほしいって言ったら怒りますか？」

「なっ……！」

普段は余裕綽々《しゃくしゃく》の彼が、息を呑む。

「ふふ、たまには千隼さんを驚かせ……あ、あっ……!?」

両腕を彼の背中に回すと、先ほどよりも雄槍が夏乃の中に挿入《はい》ってきた。

「大人だから、本能のままにきみを抱くわけにはいかない。——だけど、理性が焼ききれそうだ」

せつなげに息を吐いて、彼は夏乃の頭にキスをする。

「ほんとうに、抱くよ」

「……はい」

軽く上半身を起こし、彼は左手で夏乃の腿裏をつかんだ。右手は頬を撫でてくれる。もどかしいまでの情慾に、夏乃は左手で彼の手首にすがった。

「好きだ、夏乃」

ずぐん、とそれまでとは違う鈍く重い痛みが体を貫いた。

「は……っ……ぁ、あ！」

「狭い、な……」

――中、広げられてる……！

ゆっくりとふたりの体がつながっていく。

それは永遠にも似た、長い時間だった。

痛みを緩和させようと、彼が何度も唇を重ねてくる。舌にあやされ、甘く蕩かされながら、夏乃の体が千隼を咥えこんでいく――

大きな手が髪を撫でてくれるのが気持ちいい。

頭のてっぺんから顔の横にかけて、繰り返し夏乃のかたちをたしかめる千隼の手は、彼の心を表しているようだった。

「つらい？」

彼の劣情を体の中に埋め込まれ、浅い呼吸を繰り返す。濡襞がせつなく、彼のかたちを覚え込もうとするようにひくついていた。

「んっ……」

夏乃は小さく息を呑んで首を横に振った。

「泣きそうな顔をしてる」

痛みのせいではないと、彼は知らない。

――幸せすぎて、泣いてしまいそう。

胸の奥に誰にも触れられないせつなさの塊がある。それは夏乃自身の意志と関係なく、ときにズキズキと熱を持ち、ときに孤独の風に吹きつけられる。どうしようもない、感情という名前の塊だ。

ぐっと腰が押しつけられる。夏乃の最奥を抉《えぐ》るように、彼の先端が押し上げた。

「っっ……ぁ、あ、千隼さ……」

「指、握りしめないで。手のひらに傷がつく。そんなことをするくらいなら、俺の背中に爪を立てて」

「あ……んんっ……」

「俺にも、きみが傷をつけて。今夜、きみを抱いたのが夢じゃないとわかるように――」

避妊具を装着した彼の熱が、ゆっくりと引き抜かれていく。一度穿《うが》たれた空洞は、何も知らなかったころには戻れない。かすかな痛みの残る隘路を、二度三度と慣らす素振りで彼が抽挿した。

「……っ……ぃ、あ、あっ、痛……っ」

「悪い。優しくしたいのに、こらえられない」

「千隼さん、待っ……、あ、ぅ……」

「夏乃」

彼は両腕で夏乃の体を抱きしめる。

その腕が、どこにも行くなと告げていた。

刻まれていく律動に、体がかすかな悦びを知る。貪られる、被食者の歓喜。

――好きな人に求められることが、こんなに幸せだなんて知らなかった。ただ肌を重ねるだけじゃないんだ。こうして、彼を知ることが嬉しくてたまらない。

「ああ、あ、そこ、ダメ……っ」

次第に突き上げてくる千隼の動きに、夏乃の体が反応していく。

「……好きだ」

「や……」

「好きだ、夏乃」

はっきりと、彼が言葉を刻む。

頭のどこかでは、わかっていた。彼の優しさの理由。誰にでも優しいのではなく、夏乃に対して特別な感情があるから優しくしてくれる。

「きみのことが、好きでたまらない」

――千隼さんを好きになっちゃいけないって知っている。それでも、好きにならずにいられない。

何も言えずに涙をこぼした夏乃に、彼は静かにキスをする。

「初めてを俺に与えてくれたのは、きみもそういう気持ちだと思っていい？」

ひたいに薄く汗を浮かべ、千隼がかすれた声で問いかけてきた。

「…………」

何を言えるだろう。

こんな状況で彼をごまかす言葉なんて、夏乃は持ち合わせていない。

「夏乃？」

「……千隼さん、だからです」

右手を伸ばし、彼の頬にそっと触れてみる。

「優しく、してください。幸せな思い出になるように……」

好きだと言ってくれた彼に応じる言葉を、夏乃は持ち合わせていない。

だが、彼の想いを知った今、知らなかったころよりもずっと愛しさが増していく。

苦しげに、それでもわずかな笑みを浮かべて千隼がじっと夏乃を見つめていた。

「だったら――俺にできるのはきみを愛することだけだよ」

「あ、ァ、ああっ……！」

「わかる？　ねえ、俺がちゃんと夏乃の中にいるの、感じる？」

最奥を強く押し上げる劣情に、夏乃は本能的に背をしならせる。

千隼の杭が、体の奥に穿たれる。

「ぁ、ああ、千隼さんが、わたしの中に……っ」

「好きだよ。きみが好きだから、抱きたくて気が狂いそうだった。毎晩、きみを抱きしめて眠るのは幸福な拷問だったんだ」

――痛くてもいい。苦しくてもいい。わたしの、最初の……

「……っ、夏乃、夏乃……！」

次第に速度を増していく律動に、心と体が壊れてしまいそうな衝撃。

夜は長く、甘く苦い。

どうしようもないほどの愛情に身を焼かれながら、夏乃は千隼に抱かれた。

ただ一夜の炎に心を凝らす。そこにあるのは声にならない愛情のかけらたち。

破瓜《はか》の痛みよりも、心の痛みのほうがずっと大きいだなんて、想像もしなかった――

・・・・・|・・・・・・|・・・・・

遠く、鳥の声が聞こえる。

東京でも、鳥は鳴く。そのことに驚く人がいると知って、千隼は不思議な気持ちになった。

――子どものころ、夏になるとよく別荘に行った。あそこの管理人夫婦は、東京で蟬《せみ》が鳴いている話をすると驚いたな。

母親が亡くなる以前は、母と兄たちと夏を別荘で過ごした。

――いつか、夏乃を連れていきたい。彼女はきっと、あの別荘を気に入ってくれる。

腕の中で眠る愛しい人を見つめて、千隼は目を細めた。

好きだと思う、この気持ちが自分を遠くまで連れてきてくれた。彼女と出会って、三雲千隼という人間が作り変えられていくのを毎日感じる。

夏乃は、押しつけがましいわけではない。

強い影響力を持っているわけでも、支配力を持っているわけでもない。

ただ彼女がいてくれる。それだけで、千隼の生活が変わっていくのだから恋というのはすごいパワーを秘めている。

過去につきあった女性がいないわけではないけれど、こんなふうに好きになるのは初めてのことだった。誰かを心から愛しく思い、その人と二十四時間一緒にいたいと願う。

――好きだよ、夏乃。

けれど、残念なことに彼女からは同じ言葉を返してもらっていない。

昨晩、千隼を受け入れてくれた。それが答えだと思いたい面もあるが、夏乃の性格を知っているからこそ、彼女ならしっかり答えを出さないかぎり、恋愛の開始だと判断しないようにも思う。

「ん……」

腕の中で、夏乃がもぞりと身を捩《よじ》った。

さて、どんな顔をするのだろう。

自分はどんな顔で、彼女に挨拶をするのだろう。

「ちはや、さん……?」

どくん、と心臓が大きな音を立てた。

夏乃は幼い少女のようにふわりと微笑んで千隼を見上げてくる。

あどけなさと無邪気《むじゃき》さと、純粋な信頼を感じさせる笑顔に、言葉にならない感情が湧き上がってきた。

——あれ、なんで俺、泣きそうになってるんだ。

「おはよう、夏乃」

挨拶すると、彼女はもう一度嬉しそうに目を細めてから胸元に鼻先をすり寄せてくる。

まさか、と思った。

好きな子の笑顔を見るだけで、こんなに泣きたくなるほど幸せだなんて。

——俺、今たぶんきゅんとしてる。

三十を目前に、人生で初めてきゅんとする感覚を知った。

「んん……まだ眠い……」

「いいよ。もう少し寝て。間に合うように起こすから」

「ありがとう……」

言うが早いか夏乃はまた寝息を立てはじめた。

──どうしてもきみといたい。

今だけではなく、この先もずっと、彼女といたいと心から思った。

・・・・・・┃・・・・・・・・・・・┃・・・・・・

──ついに、してしまった……！

昨晩、彼といたしてしまった夏乃は、どうにも帰り道の足が重い。

わかっている。セックスしたからといって、まして処女を捨てたからといって、恋人になるわけではないのだ。彼は好きだと言ってくれた。その気持ちは嬉しい。

──でも、大人のふたりがそういう関係になったってだけのこと。ピロートークが本音とは限らない。

へんに期待したら、彼に負担をかけることになるかもしれない。

「だいじょうぶ、なんてことない。お互いにいつもどおりでいればいいんだから！」

エレベーターを降りて、玄関へ向かう。

「ただいまぁ……」

ドアを開けると、バスルームから水音が聞こえていた。千隼は入浴中らしい。

ほっとして自室に戻り、ルームウエアに着替えるとリビングのソファに座った。持ち帰りの仕事をタブレットで確認する。

唐突にピーピピピ、と電子音が鳴った。前触れのない音に、夏乃はビクッと体をこわばらせた。

——お風呂から呼び出し音？　何かあったのかな。

夏乃は慌ててソファから立ち上がると、バスルームへ急ぐ。

「千隼さん？　あの、何か……」

「夏乃、おいで」

「え？」

駆けつけた夏乃が慌てふためいているのに対し、バスルームからはのどかな返事が聞こえてくる。

「こっち来て」

「こっちって……」

——何？　どういうこと？

「早く」

「は、はいっ」

バスルームの折戸を開けると同時に、目の前に立っていた彼が夏乃を抱き上げる。

突如、視点がぐんと高くなり、思わず千隼の首にしがみついた。

「なっ……!?」

そして、次の瞬間。

洋服のままで、夏乃はバスタブの中にいた。

「ど、どういうことですか、これは！」

背後から千隼に抱きしめられたまま、ふたりで一緒に湯に浸かった格好だ。

入浴剤のラベンダーが彼の肌から香る。濡れ髪の千隼は、いたずらっ子のように笑った。

「こうでもしないと、夏乃は一緒に入ってくれないだろ？」

「……強引すぎますよ」

濡れた衣服を彼が丁寧に脱がせていく。それがひどく恥ずかしい。

「いいんだよ。俺は夏乃の恋人だから、このくらいする権利はある」

——服を脱がせてから入るっていう選択肢はなかったの？

そう考えてから、きっと彼が普通に「一緒に入ろう」と誘った場合、自分が確実に断るのが想像できた。だからといって、着衣の人間を無理やり抱きかかえて入浴するというのはどうだろう。

「恋人なら、そうなのかもしれませんね」

それは、「恋人のふりですよ」という夏乃なりの遠慮した言い回しだった。しかし、千隼は、

「……認めたな？」

言質をとったとでも言いたげに、夏乃の顔を上に向けさせる。覆いかぶさるキスに、頭がクラクラした。

「え？　えっ、待って、ええっ……⁉」

気づけばスカートも脱がされ、下着姿の夏乃は驚きに言葉を失う。

千隼は甘い笑みでこちらを見下ろしていた。その瞳に心がきゅうっとせつなくなる。引き寄せられる。バスタブの中、逃げ場なんてない。

「今、偽装恋人って言い直さなかっただろ。夏乃も俺を恋人だって認めた」

「ち、違います！　そうじゃなくて、今のは一般論っていうか……」

彼がジェットバスのパネルを操作すると、ボコボコと気泡が噴出してきた。

「っっ……！」

「今さら遅い。もっと恋人らしいことをしよう」

「千隼さん、あの」

「下着まで脱がされたい？」

夏乃は即座に首を横に振った。

「だったら、おとなしく俺に抱きしめられていなさい」

「……はい」

これはいったい、どういう事態なのか。説明もないまま、夏乃は千隼の腕に抱かれてじっと水面の気泡を見つめていた。

「夏乃」

耳元で彼が名前を呼ぶ。

「は、はい」

「俺はもう、恋人のふりをしているつもりはない」

宣言されて、当惑に彼の顔を振り仰ぐ。

冗談でもふざけているのでもなく、彼は穏やかに夏乃を見下ろした。

「っっ……、昨晩、したから……ってことですか？」

「まあ、たしかにきみを抱いて気持ちがいっそう強くなったのは否定しない。だが、たとえ夏乃の処女をもらっていなかったとしても、俺は夏乃を手放したくないんだ」

――そんなこと、許されるはずがない。

夏乃は小さく頭《かぶり》を振って、彼の言葉を拒絶する。

「恋人のふりが終わったっていうのなら、もうわたしと千隼さんは無関係です」

「ひどいことを言う」

「ほんとうのことです！」

「昨晩、あんなに幸せな時間を過ごしたのに？」

「〜〜〜っっ、それは、その……」

してくださいと言ったのは、夏乃のほうだ。だが、それとこれとは別の話で。

「夏乃のほうから求めてくれたのに？」

「だ、だから、それは」

「俺としたいって思ってくれたんでしょ？」

「きっ……気持ちいいことを、千隼さんが中途半端に教えたせいですっ！」

言及される前に、自分から口にする。

好きだから抱かれたのではなく、あくまで単なる快楽でしかないという言い訳だ。欲望と愛は別だと考えるなら、そういう理論もありうるだろう。

「ああ、俺が教えた。夏乃が知っている快楽は、全部俺が与えたものであってほしい」

だが、千隼はまったく動じることなく濡れた夏乃の髪を指に絡めて遊んでいる。

「あああああの、だから、つまりですね、愛情じゃないってことです」

「ふむ」

「ただの欲望なんです」

「俺を欲していた。そういうこと？」

「そう……そうだけど、そうじゃないんです！」

「なんだよ、どっちだ」

楽しげに笑って、彼が肩口にキスしてきた。やわらかな唇の感触に、肌が甘い予感で粟立つ。

――ダメ！　違う！　そうじゃないの。そうじゃ……

「人はすべてを語ることはできない。どんなに愛していても秘密があって、どんなに信用していても言えないことがある」

「え……？」

わななく唇が、キスで塞がれた。

「や……っ……、ごまかさないで！」

「ごまかしていない。俺はきみにキスしたいだけだ。いつだって、今だって」

抗う腕をつかまれ、唇を貪られる。

濡れたキスの音と、不安に震える鼓動。

バスルームに答えはない。あるのは、こんなときでも彼のキスに感じてしまう不埒《ふらち》な自分という現実だけだった。

第四章　たったひとりのきみへ、愛を込めて

いつもの職場で、いつもの自席。

しかし、今日はまったくいつもどおりではなくひたすら詰め寄られている。

「裏切りだ。こんな裏切り、あるか？」

社長の尋也《ひろや》は、完全に闇落ちモードの目をしていた。黒目に光がない。

「何がおつきあいしています、だよ。いつからつきあってたのか、俺ぜんぜん聞いてないから」

——実際にはつきあってないから言ってないんだし、そもそもほんとうにわたしが千隼《ちはや》さんとつきあってたとしても尋也は聞く耳持たないでしょ。

声に出して反論しないのは、今何を言ってもどうせ届かないと思っているからだ。

先日、媛名《ひめな》と文子《あやこ》と話していたところを、尋也も目撃していたらしく、今日は朝から騒がしい。

「こんなんで続けていけるわけない。夏乃《かの》を奪われたら、俺たちは終わりだってわかってん

だろ？」

「いや、そもそも別に引き抜きかけられてるわけじゃないんだからさ」

奪われているのは心であって、アラカミニングの桐沢《きりさわ》夏乃が奪われているという話ではない。

——まあ、体も奪われたと言って間違いじゃないんだけど……

思い出し赤面するタイミングではないのだが、つい脳内にあのときの千隼の声が再生されてしまう。

切羽詰まってかすれた声も、ひたいに浮かぶ汗も、どうしようもないほどに愛しい。

「夏乃さ、わかってんの？　ほんとうに意味わかって、その男とつきあってんの⁉」

回想の邪魔をされて、夏乃は短いため息をついた。

先ほどから邪魔をされているのは夏乃だけではない。ほかの社員たちも、ふたりの会話に耳をそばだてている。こんな状況で、いつもどおりに仕事ができるはずがないのだ。

「意味はわかってるし、つきあってすらない！」

いい加減、この不毛なやり取りを終わらせるべく断言した。

「は？　嘘《うそ》ついても意味なくね？」

「嘘じゃないから」

「俺はこの耳で聞いた。三雲《みくも》の母親に啖呵《たんか》切ってただろ！」

「あれには事情があるの！」

「だったら、それを言えよ！」

浮気した彼女を問い詰めるような尋也に、言えない事情を抱えたままで夏乃は目をそらす。

――恋人のふりをしている。それを言ったところで、恋人のふりを頼まれるくらいの距離感だということを責められるのはわかってるんだ。

だったら、真実を言うことに意味はない。

そして、ほんとうの意味で真実を告げるならば、つきあってはいないけれど夏乃は千隼を好きだということになる。

「もう終わりだ……。会社も終わり、俺たちの友情も終わり！」

その場にしゃがみ込んだ尋也のつむじを見下ろして、さすがに申し訳ない気持ちになった。

尋也が千隼をライバル視していたのは、最初からわかっていたことだ。むしろ、千隼と知り合う以前から知っていた。

それなのに、千隼とこういう関係になったのだから、尋也の公私混同を責める気にはならない。

「ヤケにならないでよ。会社はぜんぜん終わらないし、友情もまあ、うん」

「そこは友情もちゃんと確保してくれよ」

「あー、うん。そうだね」

上目遣いですねる社長を、夏乃は適度に慰《なぐさ》める。

「とりあえず、社長が思っているような関係じゃありません、とだけ言っておくよ」

「だったらどういう関係なのさ」

「うーん……」

身売りした、と言えば誤解を招く。

――実際、身売りというよりわたしが勝手に恋をしているというのが真実に近いのかな。だけど、勝手にじゃないのかもしれないんだった。一応、好きって言ってもらって……

そこまで考えて、意気消沈する。

ほんとうなら、好きと言ってもらって気持ちが上がる局面だ。なのに、彼の言葉を全力で受け止められるだけの余裕が今の夏乃にはない。

そもそも、好きとはなんだった？

千隼の言う「好き」は、恋人としての言葉なのか。恋人のふりの延長線上にあるものなのか。

冷静に考えれば、彼は恋人のふりのために愛の言葉を口にする人ではないと思う部分もある。だが、必要とあらば心にない「好き」を言える人だとも思えてしまう。

――好きの意味をたしかめられないのは、わたしの弱さでしかないんだ。

「夏乃、俺たちのこと捨てるの？」

「え？」

「もう返事もしてくれない……」

しゃがみ込んだままの尋也が、めそめそと泣き言を繰り返す。ちょっと考え込んでいた間、彼が何を言っていたか聞いていなかった。

「そうじゃないから。あのね、三雲さんはアラカミニングに融資を検討してくれてるんだよ」

「……は？」

社長の目に光が戻る。ただし、それは希望の光ではないようだった。

「ちょっと待った。意味わかんないんだけど」

すっくと立ち上がった尋也が、腕組みして今度は夏乃を見下ろしてくる。まったく、上下の激しい人だ。メンタル的にも、フィジカル的にも。

「つきあってなくて、融資してもらえそうって、夏乃、あの男に騙されてる可能性は？」

突然復帰した尋也の思考に、ひやりとする。

彼はバカではない。ただ、言動が少々面倒くさいので、頭がよくみえないところがあるだけだ。

「騙されてないから。融資はその、まあちょっと個人的な頼まれごとを受けていて、そのときに相手のほうから提案してくれたの」

「やっぱり騙されてるじゃん」

「違う」

「だって夏乃、あいつのこと好きなんでしょ」

社員たちのいる前で、いきなり何を言い出すのだ。

そう思ったけれど、すでにこれまでの会話がじゅうぶん社内でする話題ではなかった。

「そういう――」

「そういうことじゃないんです。桐沢さんは、わたしのためにしてくれているんですっ」

突如、割り込んできた人物。こちらもなかなかの問題児、花房《はなぶさ》媛名である。

「あー、いや、花房さん、今その話をすると余計厄介《やっかい》なことになるので」

慌てて媛名を止めようと思ったがもう遅い。

彼女は彼女で、尋也に責められている夏乃を見ていて思うところがあったのだろう。

「社長、聞いてください。わたし、親戚と家族からお見合いを強要されているんです。そのことを桐沢さんに相談していて――」

仕事中だという意識は、すでにフロアにいる誰にもなさそうだ。

媛名の身の上話が終わると、尋也が「そうだったのか」と夏乃に向き直る。

「夏乃は優しい人だと思ってたけど、そういう事情だから話せなかったんだな。俺が悪かったよ」

「バカなの？」

思わず本音が口をつく。

――どいつもこいつも、いい大人が雁首揃えて何言っちゃってるんだ！　仕事中だってことを忘れてるんじゃないの？

だが、愚《おろ》かなのは夏乃も同じだ。

好きな相手に気持ちを伝えることもせず、心の中でぐじぐじ悩んでばかりいる。

そう。『悩んでいる』のであって、考えているのではなかった。

解決策を検討し、道を探るのが『考えている』状態だ。それにくらべ、現状を嘆き、自分の愚かさに酔いしれているのは『悩んでいる』だけ。

千隼がどういうつもりなのか気にしたところで、彼の口から語ってもらわなければ、どこまでいっても夏乃の頭の中に結論はない。

それに、彼の本音がどうであれ、夏乃が千隼に恋をしているのは疑いようのない事実だった。

「わかった。俺は三雲千隼の男気を受け入れる！」

「はい。たぶんいい人なんだと思います！」

「そうだね。花房さんのおかげで、目が覚めたよ」

「えっ、そんな、わたしなんて……」

まだ続いている尋也と媛名のズレた会話をよそに、夏乃はひとつの決意を固めた。

人生で初めてのことをたくさん千隼としてきたけれど、その大半は彼のほうから提案してもらったことばかりだ。

受け身でいるのは、夏乃の性《しょう》に合わない。

――ちゃんと自分の口で、気持ちを伝えよう。

「はいはい、じゃあそういうことで、みんな仕事に戻りましょう。解散！」

パンと両手を打ち合わせ、その場をおさめる方向に舵《かじ》を切った。

まったく、厄介なふたりだけれど彼らのおかげで自分の気持ちと向き合うことができたのもわかっているから、文句を言うわけにもいかない。

夏本番、まだまだ面倒は続きそうである。

・・・・・┃・・・・・・┃・・・・・

いざ、心を伝えようと決めると、目の前がすっきりする。

夏の夕暮れを背に、夏乃は電車を降りて買い物を済ませ、彼のマンションへと急ぐ。いつも料理を作ってもらってばかりだ。今夜は料理を作って、今までの感謝を伝えて、それから告白しよう。

――一から十まで千隼さんのお世話になったままじゃなく、わたしにできることはしたい。夏乃だって、好きな人のために食事を作りたいという気持ちは持ち合わせている。できることなら、千隼に喜んでもらいたい。おいしいと言ってもらいたい。

今夜の献立は、彼の好きな夏野菜をふんだんに使う予定だ。ナスをミョウガと大葉と叩《たた》いた梅干しで和える塩もみ、豚バラ肉とオクラ、ピーマンの炒めもの、洋風のちらし寿司と、柚子《ゆず》風味の豆腐の冷製スープ。

帰宅すると、今日はまだ千隼は帰っていない。急いで手洗いとうがいを済ませ、ルームウエアに着替えるとキッチンに立つ。

朝のうちに千隼がセットして出かけた白米が炊けていたので、ちらし寿司の準備から始めることにした。

――千隼さん、喜んでくれるかな。

彼の反応を想像すると、それだけで心が躍る。

もともと千隼は、サービス精神旺盛なタイプだ。夏乃が何を作っても、きっとおいしいと言ってくれる。

――そこに甘えちゃダメ。そうじゃなくて、ちゃんとおいしいって思ってもらいたいんだ。

冷やすことを考えると、豆腐のスープも早めに準備したほうがいい。鰹節と昆布で出汁を取り、余った分は小鍋に寄せておくことにした。

手際よくとまではいかないが、無駄《むだ》なく作業を進めているると、千隼が帰ってきた音がする。

夏乃は、なんだか嬉《うれ》しくなって玄関まで出迎えにいった。

「おかえりなさい、千隼さん」

「あれ、今日は早かったんだね。ただいま」

「今日はその、わたしが夕食を作ろうかな、と……」

「俺のために？」

彼の問いかけに、反射的に「違います！」と言いそうになるのをぐっとこらえた。

――意地を張っていてもどうにもならない。わたしは、千隼さんに食べてもらいたくて作ってる。

「千隼さんのためですよ？」

素直な気持ちを言葉にすると、彼が一瞬硬直するのがわかった。

――え？　何？　困らせた⁉

「……やばい。嬉しいな」

右手で顔の下半分を覆《おお》って、千隼が軽く目を伏せる。

「夏乃がそんなふうに言ってくれるの、初めてだ」

「っっ……、そ、それはその」

「ありがとう。着替えてくるよ」

嬉しそうに自室へ向かう彼の後ろ姿を見送る夏乃の心も、かなり浮かれている。

——おいしくできているといいな。


テーブルに並べた料理をふたりで食べはじめる。

柚子風味の豆腐の冷製スープを口にした千隼が、ぱっと目を輝かせた。

「おいしい」

「よかったです」

ほっとして、自分もナスの塩もみを口に運ぶ。塩気は少なめで香味野菜がよくきいている、悪くない。

今日のミッションとしては、一緒に食事をし、これまでの感謝を伝え、それから告白だ。

「夏乃に作ってもらうのは、イベントのあと以来だね」

「正直、千隼さんのほうが絶対にお料理じょうずですし」

「でも俺は、夏乃の作ってくれた料理がおいしいよ？」

「そこじゃないんですよ。わたしが作ったからおいしいじゃなく、わたしっていうファクターを抜いてもおいしいと思ってもらえるようになりたいんです！」

力説した夏乃に、彼がふっと笑みを浮かべた。恍惚《こうこつ》に似た表情を前にして、心臓が小さく跳ねる。

「それはさ、俺においしいって思ってもらいたいってことだよね」

「う……、まあ、そう、です」

「きみの気持ちが嬉しい。伝わっていると思っていいのかな」

取り皿のちらし寿司を手元に、彼が問いかけてくる。

――『伝わっている』。それは、わたしを好きと言ってくれたのが本心だと思っていいの？

食事をしている余裕がなくなって、夏乃はそっと箸を置いた。パチン、と音がする。

それは始まりの音。

彼への想いをきちんと言葉にする、その合図。

「わたし、千隼さんにはほんとうに感謝しているんです」

なぜ彼が自分を選んだのかはわからない。けれど、今ここにふたりでいる。それだけが結果であり、現実なのだ。

「感謝？」

「はい。たしかに最初は戸惑いました。だって、三雲キャリアプランニングサービスの副社長が、わたしに恋人のふりを頼むなんておかしいじゃないですか。ほかにいくらでも適切な女性はいると思います。でも、わたしを選んでくれた。そのおかげで、今があるんです」

ふたりで暮らした日々は、短いけれど幸せだった。

そして初めて、恋をした。誰かを好きになることを、千隼が教えてくれた。

「今日、弊社の木嶋《きじま》にも融資の話をしました」

「……うん」

「ずっと千隼さんにライバル心を持っていた彼も、とても嬉しそうでした。わたしも、アラカミニングでこれからやっていきたいことがたくさんあります。働く女性が自由と権利を行使できる社会を応援したいし、男性だからという言葉で縛られてきた男性が無理をしなくていい社会であってほしい。そのために、自分たちでできることをまだ模索できる。千隼さんのおかげです」

彼は、黙って聞いている。

胸元に手を伸ばし、服の上から満月の指輪をぎゅっと握りしめた。

いつもこの指輪が、夏乃に勇気をくれた。幸運をくれた。

あの日、知らない男の子が助けてくれてからずっと、彼の母親の加護を借りている。

「だから、わたしは——」

「結局、夏乃にとって俺は感謝の対象でしかないってことだね」

——え?

低い声に、身がすくむ。

テーブルの上に組んだ彼の手が、力を入れすぎて指の節を白く見せた。

「いいよ。俺はたしかにそう約束した。きみたちの会社に融資もする。金額は言い値で構わない」

「あの、千隼さん」

「きみは俺が思っていたより、ずっと有能だ。そして残酷だよ、夏乃」

立ち上がった千隼の影が、ゆらりとテーブルの上で揺れる。

――なんだか、誤解がある。わたしの説明がわかりにくかったせいだ。

「聞いてください。そうじゃなくて、わたしは」

こちらも慌てて立ち上がり、テーブルから去っていこうとする彼を追いかけた。

「大切なものを守るために、俺に処女まで差し出してくれたんでしょう？　きみの純潔に対価を支払わなければいけない。わかっているよ」

「そんな……っん、あ……！」

ぐいと手首をひねられる。動きを封じられて、一瞬目を閉じた。

次の瞬間、気づくと夏乃はカウンターに突っ伏すように寄りかかった格好になっていた。

「一生に一度の初めてをくれた。きみの初めての男は俺だよ。この先、誰に抱かれても忘れないでくれるんだろう。ただ――それだけじゃさすがに足りないな」

――何を言っているの？

首筋にぞくりと恐怖が忍び寄る。

「料理も嬉しかった。俺を喜ばせるために、努力してくれているのがほんとうに嬉しかったよ。だけどね、夏乃。男を手玉に取るなら、もっと体を使ってごらん。存外、男なんて単純なんだ。好きな子に誘惑されれば、尻尾をふってついていく」

「や、やだ……っ！」

ワンピースのルームウエアは、腰の上までまくり上げられた。彼の手が下着の上から、夏乃の脚の間を弄《まさぐ》っている。

無理やりこじ開けられた蜜口に、千隼の指がめり込んできた。

濡《ぬ》れていないところを押し広げられ、初めてのときとも違う痛みに夏乃は悲鳴を嚙《か》み殺す。

「っっ……、ぅ、く……」

「まだ狭いままだ。ここに俺のかたちをしっかり覚えさせて、夏乃が俺から離れていったあとも忘れられないようにしてやらないとね。そうしたら、ほかの男じゃ物足りなくて戻ってきてくれるかもしれないな」

低くかすれた声が、昏《くら》い笑い声に変わった。

――違う。わたしは……

「千隼さん、待って。わたしの話を……」

「言葉じゃ足りないものを、体で埋め合おう。俺だって、きみからもらいたいんだよ。愛情の代わりになる何かをね」

ずく、と指が埋め込まれる。隘路《あいろ》を二本の指で圧迫され、夏乃はカウンターに身をあずけながら、喉を反らした。

慣れない粘膜が、彼の指を拒んでいる。それなのに、奥からはとろりと蜜があふれ始めていた。体が傷つくのを防ぐためだとはわかっているが、こんなふうに強引に開かれても濡れてしまうのが恨めしい。

何より、愛情が届いていないと知っていながら、彼に触れられて感じる体が憎らしかった。

「違う、違うの。わたしは、あ、あっ」

「あはは、何が違うのかな。ほら、夏乃の中はもう濡れてきているよ。感じたくない？　だけど、そんなの許さない。きみは、俺に抱かれて女になったんだ。きみの体は、俺しか知らない——」

内部を抉《えぐ》るのと同時に、反対の手で彼は鼠径部《そけいぶ》を撫《な》でる。下着が脇に寄せられ、無防備な柔肉の間《あわい》に指先が躍った。

「ひ、アッ……！」

「ここも感じてきてるね。もう期待に膨らんでるよ」

花芽を捕らえた指先が、あふれた蜜をまぶして弄《もてあそ》ぶ。外と中から同時の刺激に、夏乃の体は心とは乖離《かいり》して快楽に溺《おぼ》れはじめていた。

「いや、いや……ッ」

「夏乃がどんなに嫌だと言っても、体は俺をほしがっているんだ。かわいいね。ほら、わかる？」

ぬちゅぬちゅとはしたない音が体の中から聞こえてきた。

同時に、ぽちりと膨らんだ花芽を指腹で転がされて、慣れない体が彼の指を食いしめる。

きつく締めつけるほどに、自分の快楽が増していくと知ってなお、緩める方法がわからない。中を往復されるたび、体の深い部分が甘く蕩《とろ》けて蜜をしたたらせる。

「ああ、あ、ッ」

「どうしたの？　そんなに感じて、夏乃は嫌だって言ってたのにおかしいな」

「違っ……、わたし、あ、ァ……ッ！」

膝がガクガクと震えていた。

彼の指に突かれるたび、全身が燃え上がりそうな快感に痙攣《けいれん》する。

不意に指が抜き取られ、空洞はもどかしさに腰をくねらせた。

「ん……っ……」

あと少しで達することができたのに、とつい首をひねって彼を見上げる。

「そんな顔をしなくても、すぐにあげるよ。夏乃が何度イッてもやめてあげられないけどね？」

ベルトをはずす金属音と、ファスナーを下ろす音が妙にゆっくりと夏乃の官能を煽《あお》っていた。

——ほしくなるのを止められない。物足りなくて、何かをぎゅっと食いしめたいんだ。

ひくひくと蠢《うごめ》く自分の内側を、埋めてほしい。

はしたないほどに濡れた体が、甘い蜜で内腿を濡らしている。

「あ、ああッ！」

蜜口に熱を帯びたものがあてがわれる。それは躊躇《ちゅうちょ》なく、夏乃の中心を一気に貫いた。

「……っ……ぁ、ああ、中、んっ……」

「夏乃」

耳殻に唇が触れる距離で彼が名前を呼ぶ。

「ひぅッ……」

「夏乃、おいしそうに俺のこと食べてくれるんだね。奥まで一気に入れたのに、もう痛くないのかな?」

「んっ……、い、たくな……ああ、あ」

「そう。いいよ。この体で、俺を篭絡《ろうらく》して」

ず、ずぐ、とつきあたりを亀頭が抉る。

これ以上は入らないとわかっているのに、内臓を押し上げようと彼の劣情が穿《うが》たれた。

「は、ァ、ああ、そんな奥、もう……っ」

「もう、何？　もっとしてほしい？」

「んんっ……！」

数回緩やかに前後させたあと、蜜をまぶして動きがなめらかになったのを確認してから、千隼は情動のままに腰を打ちつけてくる。

「ああ！　あ、やだ、ッ……、ん、う、ひぁああン……ッ」

激しく突き上げられるたび、体がほどけてしまいそうになる。

正面から抱き合うのとは違う角度で、彼の切っ先が夏乃を貫く。反り返る情欲は、子宮口めがけて銃口を押しつけてきた。

「奥が吸いついてくる。わかる？」

「し、らな、ぃ……ッ」

「ほら、ここだよ」

緩急をつけて揺さぶられ、先端が最奥にめり込んだ。

「ひ、ああ、ァ、やだ、やぁぁ……ッ」

窮屈な粘膜が、彼の劣情にしがみつく。

子宮口に突きつけられた亀頭が、これ以上ないほどに密着していた。

「こうして、引き抜こうとするとわかるはずだよ」

彼がかすかに腰を引く。すると、夏乃の内部が雄槍を離さないとばかりにぎゅうっと引き絞る。

「や、違う、わたし……っ」

「夏乃の中が、俺のを舐《な》め回してるね」

「んっ、んぅ……！」

抵抗していたはずの体は、いつしかやわらかく蕩けていく。荒ぶる彼のものを咥《くわ》えこみ、フロアに透明な蜜をぽたぽたとたらす。

「ねえ、夏乃」

軽く耳朶に歯を立てられ、蜜口がきゅうっとすぼまった。

「もっと感じさせてあげる。ここに集中してごらん」

彼の手が、臍下あたりをそっと撫でた。その直後、指腹がぐっと下腹部にめり込んでくる。

「ひ、あ、アッ、やだぁ……ッ」

指で押し込まれるその奥に、彼の切っ先が届いている。

最奥を穿たれるたび、体の外と中から同時に刺激されて得も言われぬ佚楽《いつらく》が全身を駆け巡った。

逃げを打つ腰をあやしながら、千隼は激しい律動を繰り返す。互いの体が打ちつけられる音が、リビングに響いていた。

「もう、やめ……っ、あ、あっ、壊れちゃう……ッ」

「大事な夏乃を壊したりしない。ただ、感じてほしいんだ」

「やだぁ……ッ！」

ぷっくりと膨らんだ花芯を、千隼の指がつまみ上げた。

「〜〜〜っっ、ひ、うッ」

「いい子だね。夏乃はここを撫でられると、すぐにイッちゃうの知ってるよ」

人差し指で丁寧に撫でられ、泣きたくなるほどのせつなさに自分から腰を振る。

千隼はそれも予想していたのか、夏乃の動きに合わせて今度は焦《じ》らすような抽挿を始めた。

——もうダメ。こんなの、頭の奥まで犯されてるみたい……

こらえきれない喜悦に、夏乃のか弱い粘膜が蠕動《ぜんどう》する。蜜口が引き絞られ、自分の体が果てへと向かっているのを感じた。

「お願い、千隼さ……、もぉ、お願いだから、やめ……」

カウンターにすがる右手を、ふたりのつながるところへ伸ばす。必死に彼の抽挿を止めようとして、その雄槍に指先で触れた。

——え……？　嘘、そんなわけ……ない……

「！　待って、待って、つけてない……？」

震える指が、彼の根元に触れている。

そこに避妊具の感触は——なかった。

「そうだね。着けてないよ。夏乃が俺から逃げられなくなるなら、それもいいかな」

「やだ……ッ」

必死に彼のものを追い出そうと腰を逃がす。体の内側に力を入れる。けれど、その程度で深くつながった劣情から逃れられるはずもない。

「夏乃を女にしたのは俺だけど、俺だけの女にはまだしてないんだ」

──それは、どういう意味？

「ああ、夏乃の中を犯しながら指でもさわってもらえるなんて嬉しいよ」

「やめ……、あ、あっ、動かないで……ッ」

「好きだ。ずっとこのままつながっていたいな」

「いやぁ……」

ぎゅぷ、と根元まで埋め込まれて夏乃はひどく体を震わせた。

「ひ、っ……やめ、お願……っ、イッちゃう、イクの、やぁ……」

「怖がらないで。いいよ、ちゃんとイカせてあげるからね」

甘い凌辱に、腰の奥が疼《うず》く。もう我慢できそうにない。

容赦なく最奥への打擲《ちょうちゃく》を続けられ、夏乃は細い指でカウンターに爪を立てる。

「恋人じゃない男に犯されて感じる気分はどう？」

「っっ……！」

「無理やりされても感じる、かわいいかわいい夏乃」

「や、ああ、あ、やめ……ッ、ひぅ、んっ、んん……ッ」

彼の亀頭が子宮口にきつくめり込んだ。

そのまま奥を重点的に捏《こ》ねられて、夏乃は涙声であえぐ。

「イッ……、ぁあ、あ、ダメぇ、もぉ、んっ、ああああ、ぁ、あッ……！」

きゅうぅ、と雄槍を引き絞り、慣れない隘路は絶頂に収斂《しゅうれん》する。

「く……っ……」

強く抱きしめられて、逃げ場はない。つま先立ちのまま、彼のものを食いしめて夏乃は達していた。

「は……、ぁ、あ……」

「じょうずにイケたね。俺のこともイカせて……？」

それが何を意味するかわからないほど、夏乃だって愚かではない。

避妊もなしに彼を果てさせるのは、あまりに危険な行為だ。いや、射精されなくともすでに今の段階で不安に泣きそうになる。

「やめ、もぉ、ムリ、ムリだからぁ……」

「駄目《だめ》だよ」

ずちゅん、と彼の腰が打ちつけられた。

「や、あ、ああっ」

「イッたばかりの夏乃の中、初めてのときと同じくらい狭いね」

決して逃がさないと抱きしめた夏乃の細い腰に、彼は力強く欲望を打ちつける。

蜜口ぎりぎりまで亀頭を引き抜き、引っかかったところから一気に最奥まで貫いて、何度も何度も心と体を犯し尽くす。

獣欲のままに彼の劣情を叩きつけられて、夏乃は次第に何も考えられなくなっていく。

——好きなのに、どうして？

「ぁ、ああ、あ、ちはや、さ……」

涙に濡れた声で彼の名前を呼んだ。

「……き、わたしも、す、き、なのに……」

「へえ？　俺に犯されるのが嫌だから、そんなことも言ってくれるんだ？　かわいそうな夏乃。無理やり抱かれて中に出されるのは怖いよね？」

「お願い、ほんとうだから、あ、ああっ、もぉ、許して……」

「いいよ。許してあげる。中には出さない」

「んっ、ぅ、あああっ」

根元から先端にかけて、彼の脈動がポンプのように太幹の漲《みなぎ》りを感じさせた。

——怖い、助けて……！

そう思った瞬間、たくましく反り返った雄槍が抜き取られる。

安堵する時間も与えずに、彼は亀頭を花芽にこすりつけてきた。

「やぁ……ッ、あ、あっ、ダメ、そこ、いやぁ……！」

「ん、もう出るよ。夏乃……！」

根元を片手で握り、彼は鈴口を花芽に密着させて昂《たか》ぶりを扱《しご》く。

熱く粘着性のある白濁が、夏乃のいちばん感じやすい部分に噴出した。

「っっ……！　ひ、ぅッ……」

「ああ、夏乃、夏乃……」

びゅく、びゅる、と千隼の精に濡らされて、夏乃もまた達してしまう。

立っていられないほど力の抜けた体を、彼は片腕で抱きかかえていた。

——好きだと、伝えたかっただけなのに。

涙に濡れたまつ毛を伏せて、夏乃は浅い呼吸にあえぐ。

「俺に寄りかかって。だいじょうぶ、ちゃんと支えるから」

「ん……」

閉じたまなじりから、涙がつうとこぼれ落ちた。

それでも彼を好きだった。

好きだからこそ、この快楽に抗《あらが》えなかった。

――だけど、千隼さんには届かない……。

ふたりの体液で濡れた体が、かくんと頽《くずお》れる。それを千隼が抱きとめて、短い髪に鼻先を埋める。

「心のない『好き』をくれる残酷なきみを、俺は――」

その続きは、夏乃の耳には届かなかった。


…………―――…………―――…………


――俺はバカだ。救いようのないバカだ。

夏乃を抱き潰したあと、その華奢《きゃしゃ》な体を抱き上げて彼女のベッドまで運ぶ間、千隼はずっと罪悪感に苛《さいな》まれていた。

後悔するくらいなら、無理やり抱くべきではなかった。

彼女を苦しめてどうするというのだ。

千隼が買い与えたダブルベッドに彼女を横たえる。夜の薄明かりで、夏乃はひどく青ざめて見えた。

「……好きだよ、夏乃」

涙のあとの残る頬に、そっと指先で触れる。返事はない。彼女は意識を失っている。

「好きだ。きみが俺を利用していても、それでも好きだなんておめでたいだろ？」

眠る彼女の唇に、かすめるだけのキスを落とした。

なんだっていい。恋人のふりなんて、もうとっくに千隼の中では終わっていたのだ。

どうしようもないほど、彼女に惚《ほ》れている。

――きみが泣いても、あのまま奥に出してしまいたかった。ああ、夏乃が妊娠するまで何度でも毎晩抱き潰して俺だけのものにしたいんだ。

だが、それは獣《けもの》のすることだと知っていた。

彼女を拘束するために抱くだなんて、人としてあまりに品性を欠いた行為だろう。

それを実行した千隼を、夏乃が愛してくれるとは到底思えなかった。

「ちは……や、さ……」

――きみの夢の中で、俺はどんなひどいことをしているんだろう。きみを犯して、きみを傷つけて、その代わりに金を差し出す最低な男なんだろうか。

「それでも手放すつもりはないよ」

彼女の頭を撫でて、部屋を去る。

どうしようもない恋を、胸に抱えている。

懺悔《ざんげ》はまだできそうにない。彼女を諦められない自分が、ここにいるから。

・・・・・・━・・・・・・・・・・・・━・・・・・・

何があっても、朝はやってくる。土曜日の目覚めは、最悪だった。全身が重い。体の奥には、まだ昨晩の熱が凝《こご》っている。

それでも逃げ場を持たない夏乃は、洗面所で顔を洗ってからリビングへ向かった。

「おはよう、夏乃。よく寝られた?」

――えっ、昨日の今日でこれってどういうこと?

昨晩、夏乃を強引に抱いた男は穏やかに微笑んでいる。

「お、はようございます」

おそるおそる挨拶《あいさつ》すると、彼は深く頭を下げた。

「昨日はほんとうにごめん。勝手なことをしたのはわかってる。それと、俺の気持ちは嘘じゃないから。もし夏乃の体に何かあったら、責任をとらせてほしい」

責任。

その言葉の意味がわかって、夏乃は拳《こぶし》を握りしめる。

「そんな簡単な話じゃないですよね……?」

「……そうだね」

鼻の奥がツンとして、また泣きそうになった。

——勝手に縁談を進められるのがイヤだからって、偽恋人を妊娠させて結婚しようなんておかしいって思いませんか?

そう言いたい気持ちをぐっとこらえる。

まだ、彼を好きだった。無理やりに抱かれても、彼のことを嫌いになんてなれなかった。むしろ、夏乃だって感じていたのだ。千隼をもっと感じたいと、体が訴えていた。

「……もう、しないでください」

「夏乃の同意なしに、あんなことはしないよ。俺だって、きみに嫌われたいわけじゃない」

ほんとうなら、昨晩彼に想いを打ち明けようと思っていた。いや、行為の最中に必死で好きだと伝えた。

——だけど、千隼さんはわたしが逃げるために好きと言ったと思ってるんだ。

だとしたら、今もう一度告げたところで届くかどうかわからない。

あんなふうに抱かれて怖いと思ったのも事実だけれど、彼が本気で自分を求めてくれているのだと思う気持ちもある。それが愚かしい感情だと知っているから、夏乃は言葉をつぐんだ。

「朝食の準備はできてるよ」

「…………」

「それで、今日は一緒に買い物に出かけようか」

「え？」

「うん？」

――なんで買い物⁉

「なんでって顔だ」

「そ、そりゃそうですよ」

昨晩のふたりのことを考えれば、昨日の今日で一緒に仲良くお買い物なんて気持ちになれないのは当然ではないか。

「俺のこと、やばいって思ってる？」

「正直に言うと、少し」

「そうだよね。だけど、見合いの日取りが決まったんだ」

千隼が困ったように微笑む。

「継母が勝手に日取りを決めてしまったというのが正しいか」

「えっと、それで買い物にどうつながるんですか？」

なんとなく嫌な予感がした。

「きみに同行してもらうために、服を買います」

――やっぱり、そうなるよね。

朝陽のあふれるリビングで、夏乃は気持ちを切り替えるためにも軽く頭を振った。短い髪が揺れる。

彼の縁談を破談にするための偽恋人を請け負ったのだ。

今さら逃げるわけにいかない。

そして、夏乃自身、千隼から逃げていてはあとで後悔するのを知っている。

彼に誤解をさせたのはきっと自分だ。好きだと伝えられないまま、ここから去ったところで想いは消えない。

——今は、ひとつずつできることをやっていこう。それで、気持ちを伝えるのはあらためて考えよう。

恋愛経験はなくとも、夏乃は二十六歳のそれなりにまじめな社会人だ。自分の責任については、きちんと認識できている。

「服は自分で買います」

「なぜ？　必要なものは俺が買うと最初に話し合ったはずだよ」

「わたしがわたしの服を買うのを必要ないものだと言われる筋合いはないからです！」

尋也が勝手にライバル視しているライバル会社ではあるけれど、これから業務提携の可能性がある相手だ。今回の偽恋人にまつわる取引は別として、夏乃は自分の服を自分で買えるくらいの収入はある。

「あの」

「うん？」

「でも、一緒に買いに行って選んでくれますか？」

――この先、千隼さんとふたりで出かけることがあるかわからない。

今は好きだと言って求めてくれる千隼だが、彼の求める未来が手に入ったときにそれでもまだ夏乃と一緒にいたいと思ってくれるかはわからない。

「試着室に一緒に入ってほしいということなら喜んで同行する」

「そういうことならひとりで行きますけど」

「嘘です、ごめんなさい。同行させてください」

食事の最中に、もう一度彼は謝ってくれた。

けれど、どうしてだろう。

謝られるほどに、夏乃は泣きたくなる。あんなふうに抱かれた夜のことさえ、忘れたくないと思う自分がここにいる。

――好きになるって、こんな気持ちを知ることなんだ。

「なかったことに、とは言えないんですけど」

「うん」

「とりあえず今日はそういうの忘れて、お買い物したいです」

「ありがとう」

安堵のにじんだ笑顔に、夏乃も笑い返した。

今は、残された時間を大切にしたかった。彼も反省してくれている。同じ轍《てつ》を踏まないと誓ってくれる彼を信じたい。

昨晩からつけっぱなしで寝ていた胸元の満月の指輪をきゅっと握りしめて、夏乃は夏の朝陽が揺れるリビングを見つめていた。

……┃……・……┃……・

「夏乃、どう?」

「えっと、ちょっとゆるいかもです」

「ワンサイズ下のを出してもらおうか」

「あ、はい。お願いします」

キャミソール姿でドアの隙間から、試着していたスカートを交換する。

彼が連れていってくれたのは、老舗のデパートだった。店に着くと、通常の売り場ではなく顧客用の特別室に案内された。

応接セットとフィッティングルームのある部屋で、ハンガーにはさまざまな衣類が準備されていた。

「ほかにもお好みのデザインなど教えていただけましたら、こちらで準備させていただきます」

販売員の女性が、清潔感のある笑顔で出迎えてくれた。

──デパートで買い物するって、こういうことだっけ……⁉

あまりに感覚が違いすぎて、麻痺していく。

「夏乃、ちょっと入るよ？」

「や、待ってください。ちょっとまだ」

カーテンで仕切られただけのフィッティングルームと違い、この特別室にあるのはしっかりとドアのある個室だ。

そのドアを開けて、千隼が中に入ってくる。

「っっ……⁉」

下着姿の夏乃は、慌てて自分の体を両腕で隠した。

「っちょ、何考えてるんですかっ」

──朝の反省はどこに行ったの！

けれど、千隼はこちらを凝視している。目は合わない。見ているのは──デコルテのあたりだった。

そこには満月の指輪が揺れている。

「やっぱり、その指輪……」

どこにでもありそうな、ムーンストーンの指輪だ。

ネックレスに通しているだけで、驚かれるほどではないと思う。

——まさか、誰かからもらったと思われてる？

たしかに、普通なら指輪は指につけるものだ。隠すようにネックレスにしているのを誤解されてもおかしくない。

説明しなければと思ったけれど、彼は両手で夏乃の腕をつかんだ。

「ち、千隼さん？」

「その指輪をどこで？」

「どこって、あの、実はこれ、もともとはわたしのものではないんです」

彼の目は、今まで見たことがないほどに真剣だった。だから、ごまかす気にはなれない。

夏乃は、小学校二年のときの思い出を話すことにした。

あの夏に、見知らぬ男の子に助けてもらったこと。彼の亡き母親の大事な指輪を拾って、どう返したらいいかわからないまま持っていたこと。今では、満月の指輪が夏乃のお守りになっていること——

「……見せてもらってもいいかな」

「はい。どうぞ」

ネックレスから指輪をはずして彼に差し出すと、リングの内側を見て千隼が泣きそうに顔を歪《ゆが》めた。

「……やっぱり、そうだ。これは俺の母の指輪だ」

「えっ⁉」

――じゃあ、あのとき会ったのは千隼さんだったってこと？

信じられないと思ったけれど、幼い日の思い出の少年に目の前の千隼が重なっていく。

こんな偶然があるのだろうか。

彼もまた、知らずに夏乃と一緒にいたのか。

「よく覚えてる。あれは母を亡くした夏だった。家族で別荘に行ったときに、おばけでもいいから母親に会いたくて夜の林に足を踏み入れたんだ」

――あのときの男の子が千隼さんだったなんて。

「……ずっと、勝手に指輪を持っていてごめんなさい。返したくても千隼さんのことを知らなかったんです」

「俺も知らなかった。だけど、もしかしたらそれが原因だったのかもしれないな」

彼は指輪を夏乃に差し出す。

「あの、これは千隼さんが持っていたほうが……」

「いいんだ」

「いいって……」

「きみに持っていてもらいたい。ずっと、夏乃が大切にしてきてくれた。だから俺たちは出会えたのかもしれない。——それと、もう一度言う」

「はい？」

「俺はきみが好きだよ、夏乃。初めて会ったときから、懐かしいと思ってた。それには理由があったんだな」

「ち、千隼さん、落ち着いてください。外には人がいるんですよ！」

「わかってる。さすがにここで襲うほど俺だって狂ってない。まあ、きみに夢中だという意味では少しおかしいかもしれないけど——」

「〜〜〜っっ！　とりあえず出てって！」

——ほんとうに、千隼さんがあのときの男の子なんだ。わたしたち、以前に会っていたんだ。

運命だなんて口にしたら、きっと恥ずかしくてむずがゆい。

お互いに気づいていなかったのに、それが運命かどうか判別なんてできっこない。

それでも。

——運命だったら、いいなと思う。

彼は、心を伝えてくれた。

この先は、夏乃の番だ。

千隼にもう間違った行動をさせないためにも、自分の気持ちを伝えなくてはいけない。

ネックレスに元通り指輪を通して、夏乃は鏡に向き合う。

――会ったことのない、千隼さんのお母さん。わたしにもう一度、力を貸してください！

・・・・・・・・・・・・・・・・

アラカミニングでの仕事を始めてから、いっそう母親に感謝するようになった。

ひとり親が子どもを育てていくことの大変さを、あらためて実感したことが大きい。もちろん、子育てはひとりだろうとふたりだろうと苦労と喜びがあるのだろう。

それでも両親を早くに亡くしていた母は、頼る相手もない中で自分を産んでくれたのだ。

――もし、先日の一件で妊娠していたら、わたしはどうしていたかな。

直後に予定どおりに生理が来て、安堵したのは言うまでもない。

誰かを好きになるのは幸せなことだ。

その相手に好きになってもらえるのは、奇跡みたいな出来事。

だが、恋は永遠ではない。

ずっと、誰とも深い関係を作ってこられなかった。恋の終わりを想像すると、逃げ腰になった。

――だけど、千隼さんは違う。

彼が好きだと言ってくれた。

そして何もはっきりした答えを出せないままの夏乃に、何度も好きだと言い続けてくれていることに、心が動き出す。

――千隼さんは、違うんだ。

何も怖がらなくていいよと、彼は両腕を広げて待っていてくれる。

お見合いまで、あと二週間。

名前通りに夏生まれの夏乃の誕生日は、三日後だ。


八月になると、うだるような暑さにも体が慣れてくる。

今年の誕生日は、土曜日だった。社会人になって以降の誕生日は、仕事で忙殺されるかひとり自宅でちょっといいワインを開けるくらいのものだったけれど、今年は違う。

「夏乃、グラス出してくれる?」

「はーい」

千隼のマンションの近くで、お祭りをやっている。

窓を閉めていても、笛の音が聞こえてきてお神輿《みこし》が出ているのがわかった。

今日はいつものダイニングテーブルではなく、ベランダの手前にローテーブルを出し、ソファでお月見をしながら食事をとろうと彼が言う。

小ぶりなローテーブルには、夏乃の好きな夏野菜のピクルス、モッツァレラチーズと果物とアボカドのサラダ、タコとズッキーニとナスのトマト煮、エビたっぷりの生春巻きが並んでいた。

「今日のグラスはこっち」

彼が、フルートグラスを二脚、カウンターに準備してくれている。今夜はスパークリングワインが出るのかもしれない。

ステムの部分がほっそりと長いおしゃれなデザインのフルートグラスをテーブルに運ぶと、

「座って待っていてくれる？」

と彼の声が聞こえた。

言われたとおり、クッションの上に腰を下ろす。それを待っていたとばかりに、室内の電気が消えた。

窓の外は、夕暮れと夜の間の美しい空が広がっている。遠く聞こえてくる車の音、それに混ざるお祭りの掛け声と喧騒《けんそう》。空には気の早い月が、白く浮かんでいた。

背後から、パチパチという小さな音が聞こえてくる。

振り向くと、こちらに歩いてくる千隼の手の中で、花火が輝いていた。花火の爆《は》ぜる音がした。

「お誕生日おめでとう、夏乃」

「……ありがとう、ございます」

テーブルの真ん中に、四号サイズのケーキが置かれる。カーテンを開け放した窓の外から、建物の明かりがほのかにふたりを照らしていた。

「このケーキ、かわいいですね。バラだ」

チョコレートのスポンジ生地の上に、二種類のピンク色をしたクリームでバラが模されている。赤いハートのプレートが斜めに置かれ、Happy Birthday の白い文字が書かれていた。

爆ぜ終わった花火をすっと抜き取り、彼が夏乃を見つめる。

「俺にとっては、初めての夏乃の誕生日だ」

「ふふ、わたしも千隼さんと過ごす初めての誕生日です」

来年も一緒に、と言わないのは、ふたりの間にまだ未来の約束がないからだ。

——お見合いを破談にしたら、この関係は解消することになっている。

「食べようか」

「はい、いただきます！」

いつもながら、千隼の作る料理はおいしい。味だけではなく、彼の料理は彩りまで繊細で、目も楽しませてくれる。

「千隼さん」

「うん？」

「あの指輪、ほんとうに返さなくていいんですか？」

土曜日の今日は、満月の指輪はポーチの中にしまったままだ。

彼の母親が遺《のこ》した大切な思い出の指輪。

偶然の再会を知ったふたりだったが、千隼は「夏乃に持っていてほしい」と言ってくれて、まだ返していない。

「いいんだ。あれは、きっと夏乃と出会うための約束だったんだと思ってるからね」

「……っ、それは、そうかもしれない、ですけど」

「それに、俺は――」

ドン、ドオン、と突然空に破裂音が響いた。

ふたりの見上げた空に、花火が上がる。

「えっ、すごい！」

「ああ、今日はお祭りだった」

きらびやかな火花が空を染めていく。日本の夏を感じさせる夜空を前に、夏乃はこっそり千隼を覗《のぞ》き見る。

すべらかな頬に花火の明かりが陰影を作っていた。

空に花が開くたび、光が彼を照らし出す。

美しい横顔は芸術のように精緻《せいち》で、けれど彼が人間の本能に突き動かされるときの顔も知っている。

――ああ、好きだなあ。この人のことが、ほんとうに好き。

「きみと過ごす日々が、終わってしまうなんて思いたくないんだ」

正面の空を見上げたまま、千隼が少し寂しげにつぶやく。

「これからもずっと一緒にいたい。これが俺のわがままなのはわかってる。だけど――」

フローリングについた彼の手に、夏乃は自分の手を重ねた。

驚いた様子で、目を見開いた千隼がこちらを振り向く。

「……千隼さんのことが好きです」

やっと口にした言葉は、ひどく簡素だった。最低限の情報しか入っていない。

だからこそ、夏乃の心からの本心だった。

「夏乃」

「千隼さんが、これを身売りだと思うならアラカミニングへの融資なんてなかったことにしてくれて構いません。わたしは……ただ、千隼さんのことが好きなだけ、なんです」

彼の手が、夏乃の頬に添えられた。

「キスしたい」

「で、でも今、まだ食事中ですよ」

「キスだけでやめる。約束する」

「……キスだけでほんとうに足りるんですね？」

冗談めかした問いかけに、彼が数秒考え込んだ。

——これは、キスだけじゃ足りないって言い出す流れ！

「ごめん、きっと足りないよ」

「〜〜〜っっ、じゃあ、気持ちをあげます！」

夏乃はそう言って立ち上がると、彼の正面に膝をついた。

背後の空に、花火が上がる。

夏の夜は甘くしっとりと熱を帯びていた。

「気持ちだけじゃなく、体もほしいって言ったら？」

薄く微笑む彼の優しい瞳が、夏乃だけを映し出している。

幸福だ、と思った。

好きな人に好かれている喜びは、ほかの何にも代えられない。

——千隼さんは、その喜びを初めてわたしに教えてくれた人。初めて、心から好きになった人。

「今日はキスだけで我慢してください。誕生日ですから」

「そう来たか」

困ったように鼻先を指で撫で、彼が夏乃をぐいと引き寄せた。

ふたつの唇が重なる。

花火が終わり、空には満月だけが残された。

「好きだよ、夏乃。俺とつきあってください」

「……はい、よろしくお願いします」

もう一度、もう一度、繰り返すたびにキスは甘く深く心をつないでいく。

その日、大好きな人と心をかわし、夏乃は二十七歳になった。

・・・・・・|・・・・・・・・・・・|・・・・・・

「だいじょうぶだから、そんなに緊張しないで」

そうは言われても、心の余裕は簡単には回復しない。

ここは都心の老舗有名ホテルのラウンジだ。ついに今日、千隼のお見合いが行われる。いや、そのお見合いをふたりでぶち壊しにきた。

「服、これで平気ですか？　やっぱりもっと違うのにしたほうが――」

「夏乃」

テーブルの上で、緊張に冷たくなった指先を千隼がぎゅっと握ってくれる。

「夏乃は、いつでも俺の最高の好きな人だよ。世界一かわいいし、世界一きれいだ。だから、今日は迷惑かけるけどよろしく頼むね」

「はい……！」

気合も新たに、ふたりは時間になるのを待って指定された料亭へ向かう。ホテルの名物でもある美しい日本庭園を臨める店だ。当然、予約制の有名店である。

――一度でいいから来てみたいと思っていたけれど、こんなかたちで入店することになるとは……

残念ながら、今日は料亭で食事を楽しむことはできないだろう。

店に入ると千隼が予約の名前を告げる。

「お部屋はこちらでございます」

和装の女性店員に案内されて奥まった個室につくと、障子の引き戸がするすると開けられた。その先には、和室に高級感のある重厚なテーブル席があり、両側に二家族が座っている。

夏乃を確認した媛名が、ぱっと表情を明るくした。そんな顔をしたら、この縁談に乗り気でないのがすぐにバレてしまいそうだが、彼女としてはもともとどうにか逃げたかったのだから問題はない。

苦々しい顔で睨《にら》みつけてくるのは、千隼の継母である文子だ。今日もずいぶんと派手な着物を身に着けている。

「遅くなりました。三雲千隼です」

場の雰囲気《ふんいき》に気圧《けお》されることなく、千隼は堂々と、そして爽やかな声で名乗った。

媛名の母親らしき女性が、おろおろと文子と千隼に視線を泳がせる。娘の縁談の席に、相手の男がほかの女性を連れてきたのだ。彼女の心情を思うと申し訳ない気持ちになった。

「千隼さん、お連れの女性のお席まではご用意していませんよ」

文子の声に、千隼が微笑んでうなずく。そんなことは当然だと言いたげな彼の態度に、夏乃も怯《ひる》むことなく余裕の表情を――こちらは必死に取り繕っている。

「ええ、私も席につくつもりはありません。本日はご足労いただき、まことに申し訳ありません。この縁談につきましては、私の同意なく継母が進めたものです。父の顔に泥を塗るのも悩ましく、何度もお断りを申しあげてきたのですが――」

「千隼さんッ！」

場にそぐわない、文子の甲高い声。

腸《はらわた》が煮えくり返る思いかもしれないが、千隼を自分の意のままに動かせると思ったのなら、それは彼女の見込み違いだ。

「どういうことだ、文子。千隼はこの縁談に乗り気だと言っていただろう」

「あなた、それは……」

言葉に詰まる文子が、恨めしそうに夏乃を睨みつけてくる。

——いや、一応わたしは前もっておつきあいしていますって言いましたからね！

そのときは、恋人のふりだった。

けれど今の夏乃は、間違いなく千隼の彼女である。

「花房さんには、我が家の問題に巻き込んでしまい、大変申し訳なく思っています。今回の件、そちらからお断りをいただいたという形でおさめていただき、媛名さんに瑕疵《かし》のないことをはっきりさせていただければと考えております」

「千隼さん、急にそんなことを言われても困りますな。我が家としては、大事な娘を送り出すつもりで伺いました。それを、あなたひとりの勝手で」

媛名の父親は、破談に納得がいかない様子だ。この人が、文子と裏で手を組んで今回の縁談を仕込んだのかもしれない。

「おや。大切なお嬢さんだからこそ、ほかに女のいる男のところになど嫁がせたくないと思うものではないでしょうか？　私は、彼女を愛しています。ほかのどなたと結婚したところで、この人を離すつもりはありません。幸せになれないと知っていて、それでもお嬢さんを私に嫁がせたいとお考えですか？」

理路整然とした千隼の言葉に、媛名の父がぐっと唇を引き結ぶ。

媛名は恋愛映画でも見ているような表情で、うっとりと千隼と夏乃を見つめている。その表情でほんとうにだいじょうぶか、と心配になるくらいだ。

「父さん」

三雲の父に向き直り、彼がそれまでにないほど真剣な目をする。

「文子さんがどういうおつもりかは問いません。ですが、私が結婚したいのは彼女——桐沢夏乃さん、ただひとりです。この先、また同じような事態で愛する人を振り回すのは御免蒙《こうむ》る。あとは、父さんの責任で片をつけてもらえますね？」

実の父親に対しても容赦はない。

文子の勝手を許したことを責める気持ちと、同じ間違いを繰り返さないようしっかり言及する言葉で、彼はその場を制圧した。

——これ、ほんとうにわたし、必要だった？

あまりの手際のよさに、彼に偽恋人が必要だったか疑問さえ覚える。

「わかった。今回の件については、私のほうから花房さんにきちんと筋を通してお詫《わ》びをしておく。だが、千隼」

「はい」

「そういうお相手がいるなら、前もって私のところに連れてきてくれていればというのはこちらの勝手かい？」

ああ、と夏乃は息を呑《の》んだ。

この人は、千隼の父親だ。彼と同じく、笑顔で本質を突く。

実際、今日この場で文子をやり込めなくとも、前もって父親のところにふたりで挨拶に行く方法はあった。

――そのほうが、皆さんに迷惑をかけなかったんじゃ……

「ええ、それは父さんの勝手でしょう。なにせ、私はやっと彼女に色よい返事をもらったばかりです。つきあい始めたばかりで父親のところに挨拶に行くなんて、彼女を困らせることになりますからね。ご自分の女の不始末は、ご自身でどうぞ」

負けじと爽やかな笑顔で迎え討つ千隼は、ぞっとするほどに美しい。

何はさておき、事態は収拾した。

「それでは、我々はこのあたりで。本日はお手数をおかけいたしました。皆さま、良い休日をお過ごしください」

千隼の手が、夏乃の背中をそっとうながす。

「お邪魔いたしました」

結局、数分間で自分が口にした言葉は、ただそれだけだった。

けれど、胸があたたかい。

――わたしを、愛してくれているんだ。結婚したいと、あれはその場しのぎの言葉だったかもしれないけれど、それでも嬉しかった。ううん、千隼さんならきっと本心から言ってくれた。

今ならわかる。

彼は笑顔で相手を煙《けむ》に巻くタイプだが、夏乃には最初からまっすぐに向き合ってくれていた。

手をつないで料亭を出ると、突然涙があふれてくる。

「夏乃？　ごめん、怖かった？」

彼は先ほどまでの威圧感をどこへ置き忘れてきたやら、夏乃の涙におろおろと慌てふためいた。

「う、うう、だってわたし、千隼さんが好きでいてくれたのに、ずっとうまく伝えられなくて、それなのに、あんなに……」

緊張が解けたこともあって、涙腺が完全に崩壊している。

愛してる。

その言葉が、まだ心を優しく包んで離さない。

「おいで、部屋に行って少し休もう？」

「へ、へや……？」

彼は悪びれることなくカードキーをポケットから取り出した。

まったく、この流れでいつの間に部屋をとっていたのか。三雲千隼には一生かないそうにないと、夏乃は泣きながら小さく笑った。

——最初のときと、似てる。

ホテルの部屋に入って、夏乃はそう思う。

偽恋人を持ちかけられたときも、ホテルの部屋で詳細の説明をされた。

あのときは、たしか——

「今日はどうする？」

「え？」

突然の問いに夏乃は話を呑み込めず、彼を見上げる。

「俺の手脚を縛らなくても、夏乃はちゃんとくつろげるかな」

「懐かしいですね。あのときは、ほんとうにびっくりしました」

ベッドに座らされ、夏乃はバッグからハンカチを取り出す。化粧が崩れないように涙を拭《ぬぐ》うつもりが、まだ自分が泣き止んでいないことに気づいた。

——もう、あのときとは違う。わたしはこんなに千隼さんを好きになってしまったんだ。

「今日はありがとう。夏乃がいてくれたから、スムーズにことが運んだよ」

「……わたしがいなくても、千隼さんなら困らないんじゃないかと思いましたけど」

「そんなことない。きみがいてくれるから、俺は俺らしくいられるんだ」

跪《ひざまず》いた彼が、パンプスを脱がせてくれる。

胸元に、今日は満月の指輪が揺れていた。

靴を脱がせた足を恭《うやうや》しく持ち上げ、千隼がつま先にキスをする。

「ひゃっ、ち、千隼さん……？」

「愛してるよ、夏乃」

この世のものとは思えないほどに美しい笑みを浮かべ、彼が夏乃を見上げてくる。

「……わたしも、千隼さんのことが好き、です」

「好きって言うだけで、そんなに緊張する夏乃はかわいい」

「照れるんですよ。当たり前じゃないですか！」

「俺は照れないな。なんなら、世界中に言ってまわりたい。この子が俺の好きな子です、この子と結婚したいんですって」

「結婚は大袈裟《おおげさ》じゃないですか？」

お見合いを断るために、ふたりの関係性を少々盛って話したのはわかっている。そう思った夏乃に、まだ跪いたままの千隼がポケットから何かを取り出した。

――え、待って、まさか。

彼の手には、クリスタルの美しいジュエリーケースがおさまっている。ぱかりと開いたその中に、繊細なリングが光っていた。

「大袈裟じゃない。本気で言ったんだ」

「ち、はやさん……」

「桐沢夏乃さん、俺はきっときみのインタビュー記事を読んだときから一目惚《ぼ》れをしていたんだ。実際に夏乃に会って、もっと好きになった。そっけないところも、仕事熱心なところも、まじめなところも、実はけっこう流されやすいところも、全部大好きだよ」

胸がじんと熱くなる。

こんなふうに、彼が自分を想ってくれているなんて知らなかった。

「俺と結婚してくれませんか?」

「……っ、はい……!」

指輪ケースを手にした彼に、両腕でぎゅっと抱きつく。

「こら、夏乃。指輪が落ちる」

「だって、嬉しくて……」

「うん、俺も嬉しい。即答してもらえる自信はなかった」

抱き上げられて、ベッドの上にふたりで寝転がる。そのまま、左手の薬指にリングが通された。

「……きれい……」

「これはね、俺がいつでも夏乃を愛してるって証」

「はい」

「それと、夏乃を俺だけのものにしますって宣言」

「もう、とっくに千隼さんだけのものですよ？」

「まだ足りない。知ってるくせに、夏乃は焦らすのがうまいね」

ふたつの唇が、ゆっくりと重なった。

大きな手が、髪を撫でる。彼に頭を撫でられるのが好きだ。そのたび、髪が短くてよかったと思う。

彼の手は優しく夏乃の毛先まで撫でると、そっと首に触れる。

「好きだよ、夏乃」

キスしながらささやかれ、心臓がどくんと大きく脈を打った。

「わたしも、好き。千隼さんが好きです」

「……初めてだ」

夏乃のストッキングを丁寧に脱がせながら、彼が嬉しそうに目を細める。

「きみに心を受け入れてもらってから、初めて抱く。ねえ、夏乃。俺はもう、きみのすべてを奪ってもいい？」

「すべて……？」

今日のために買った洋服。それが一枚一枚、果物の皮を剝《む》くようにはがされていった。

「すべてだよ。きみの奥に、全部を放ちたい」

「っっ……そ、れは、その……」

結婚を約束したとはいえ、これからの予定は何も決まっていない。

今ここでうなずける勇気はなかった。

「答えにくいよね。だいじょうぶだよ。すぐに夏乃が返事をできるようにするから」

「え、それはどういう……きゃぁ！」

下着を脱がされ、生まれたままの姿になる。

ベッドの上で、夏乃は両脚を大きく開かれた。

普段は閉じている亀裂が、ぱくりと口を開けて空気に触れる。

——やだ、全部見られてる。

けれど、彼の与えてくれる悦《よろこ》びを知った体は、脚を閉じることもままならない。このまま、千隼の愛撫に溺れたいと本能が叫《さけ》んでいた。

「かわいくていやらしい、俺だけの夏乃」

彼は前触れなく、夏乃の間《あわい》に舌先を割り込ませてきた。

「んっ……！」

柔肉を左右の親指で広げ、薄く色づいた部分が台形に引っ張られる。まだ濡れていない蜜口に、舌先がぴちゃぴちゃと音を立てて躍った。

——いきなり、そんなところ……

ねっとりと熱い舌が、蜜口に埋め込まれていく。舌では奥まで届かない。けれど、口を開けて舌の根元まで突き入れようとする千隼が、敏感な粘膜を舐《ねぶ》った。

「ぁ、やぁ……ッ」

早くも快楽の予感に蠕動する隘路を、彼の舌がたっぷりと慰《なぐさ》めていく。

執拗に舐められて、蜜が奥からあふれ出す。それを舐め取り、さらに動きやすくなった舌が夏乃の内側をぐりぐりと刺激した。

——どうして？　舐められているところだけじゃなく、体中が火照《ほて》っていく。

胸の先が、じんとせつない。彼の肩に片方の膝を持ち上げられ、逃げられない体勢で淫花を口淫されながら、夏乃はぎゅっと目を閉じた。

「まだ慣れない？　だったら、こっちのほうがいいかな」

「え……あ、あァッ……！」

舌先が、花芽をほじるように包皮の内側へ忍び込んでくる。ぷっくりと膨らんだ部分は、すぐに剝《む》き出しにされてしまう。

「や、そこ、やだ」

「嫌じゃないよね？　ここ、夏乃は感じやすいでしょう？」

あらわになった部分を、千隼が舌先でちろちろとあやす。かすめるような舐め方に、恥ずかしいほど腰が浮いた。

「あ、あぅ、ダメ、ダメぇ……」

「感じてる夏乃の声、好きだよ。俺を狂わせるのがじょうずだね」

指で根元をつまみ、いっそう花芯をくびり出す。その先端を、彼が優しく吸い上げた。

「ひ、あァッ……！　や、ああ、ダメ、それ、んっ……」

気持ちよすぎて、全身が総毛立つのがわかる。

同時に体中に巡る快楽の神経が敏感になっていく。

一瞬で達してしまいそうなところまで連れていかれ、夏乃はその先を期待して体をこわばらせる。けれど、千隼は顔を上げて夏乃の隣に横たわる。

——え、どうして……？

「夏乃、舌出して」

「ん……」

言われるまま、とろんとした目で夏乃は口を開けた。舌先をおずおずと出すと、彼がそれをぺろりと舐め上げた。

そのまま、千隼の口に舌を奪われる。吸い上げられ、舌で捏《こ》ねられ、ふたりの舌が螺旋《らせん》を描くように絡まり合う。

「キスしてるだけで、腰が揺れちゃうんだ？」

「ぁ、だって、千隼さんが……」

「うん、俺が？」

「っっ……、あ、っ……」

中指が蜜口につぷりと埋め込まれた。

「俺が何かな？」

「んんっ、だ、って……、ああ、あ」

「言えない？　いいよ、何も言わなくてもちゃんとわかる」

キスしながら、指で隘路を解されていく。最初は浅瀬を撫で、ゆっくりと奥まで指を突き入れられる。

千隼の指は長い。ぐっと押し込まれると、指先が子宮口まで届くほどだ。

「は、あッ……！」

「奥、感じる？」

「んっ、感じる、から、そこ押さないで……、あ、あっ、ダメぇ」

雄槍で突き上げられるのとは違って、指はほっそりとしている。けれど、そのぶん動きが細やかだ。指先で最奥をすりすりと撫でられ、子宮口をくすぐられる。こんな感覚は初めてで、夏乃はせつなさに腰を揺らす。

「やだぁ……、そこ、お願い、やめて、んっ……、気持ちよくて、おかしくなるっ……」

「ここ？」

指がぐいと最奥を押し込んだ。

「ひっ……！」

「ああ、ここだね。感じると中がきゅうって締まるからすぐわかるよ、夏乃」

「や、ああ、あ」

「教えてくれてありがとう。もっと感じさせてあげるからね」

胸の先を指でつまみ上げ、千隼が隘路を中指で抽挿する。ちゅぽちゅぽと淫靡《いんび》な水音が聞こえて、夏乃は涙目になりながら彼の与える快楽を追いかけた。

「ぁ、ああ、イッちゃう、気持ちいいの、もぉイッちゃう……っ」

「かわいいよ。だけど、今日はまだイカせてあげない」

「え、あ、あっ……！」

彼の指が抜き取られる。

粘膜はせつなく蠢《うごめ》き、蜜口がはしたなく開閉していた。

――やだ、イカせて、イキたいのに。

「夏乃のここ、おねだりするみたいにひくついてる」

「っっ……、千隼さ、お願い……」

「俺も気持ちよくさせてもらおうかな」

服を脱ぎ捨てた彼が、熱《いき》り立つ劣情の根元を右手で握る。

——避妊、を……

まなざしだけで、夏乃の気持ちを察したのか。千隼が口角を上げた。

「まだ挿《い》れないから心配いらないよ。夏乃、うつぶせになって」

言われるまま、枕にしがみつく格好でベッドにうつぶせる。すると、彼が夏乃の腰を抱き上げて四つん這いにさせた。

「膝を閉じて。そう、じょうずだね。このまま、ちゃんと閉じてるんだよ」

「は……ぁ、あ……千隼、さん……」

閉じた内腿に、彼の劣情が割り込んでくる。蜜口に突き立てるのではなく、亀裂を縦にこすりあげた。

「ひぁ、ああ、ッ……！」

亀頭が花芯を押し込み、夏乃の体を甘く揺さぶる。そのたびに胸の先端がシーツをかすめ、夏乃は全身を震わせた。

「ああ、あ、ダメぇ……っ、気持ちよくて、こんなの、ダメなの……っ」

「そう？　俺も気持ちいいよ。ほら、夏乃だって腰を振ってるじゃないか」

「や、ああ、あ」

みだりがましく揺れる体が、彼を欲していた。

焦らされ、甘く蕩けていく。全身が千隼を求めて疼《うず》く。

「ねえ、夏乃、すごく濡れてるね。シーツがもうぐしょぐしょだよ」

「うう、ぁ、ああ、こんな……」

「もっとかわいがってあげないといけないな。きみが俺だけのものだと、ちゃんとわかるように」

両手で乳房を鷲掴《わしづか》みにされ、敏感な乳首をきゅうっとつまみ上げられた。

「ひッ……、やめ……あ、ああ、胸と一緒に、いやぁ……ッ」

泣き声で懇願するも、彼は決して動きを止めてはくれない。腰はいっそう速度を増し、彼の劣情は夏乃からあふれた蜜でねっとりと濡れている。指は緩急をつけて、胸の先を攻めたてた。

——もう、おかしくなる。こんなの、我慢できない……！

「夏乃の入り口、さっきからひくひくして、引っかかったら呑み込まれそうだ」

「っ……れ、て……」

「うん？　何？」

避妊なしで抱かれることの意味は、知っている。

あの夜のように、外に出してもらえるかもわからない。それでも、体がもう我慢の限界だ。

「お願……っ……、い、れて、千隼さんの、くださぃ……ッ」

「挿《い》れたら、中に出すよ？　それでもいいの？」

鎖骨まで真っ赤に染めて、夏乃は首を縦に振る。

「夏乃」

「やぁ、もぉムリだから、あ、あっ……」

「ちゃんと言って？」

きゅっと強く乳首をひねられた。

「ひぁあッ、ん！」

「言わないと、あげない」

甘く淫《みだ》らな意地悪に、夏乃は唇をわななかせる。

「中に、出して……、千隼さんの全部、ちょうだい。早く、お願いだからぁ……」

「うん、愛してるよ」

ぐぷぷぷ、と隘路を太いものが蹂躙《じゅうりん》する。浮き出た脈までもわかるほど、夏乃の体は快楽の回路が開いていた。

「ああ、あ、あッ……！」

背中から首にかけて、狂おしいまでの快感が走る。

雄槍の先端が、ごちゅん、と最奥に当たった瞬間、粘膜が収斂した。彼の精を搾《しぼ》り取ろうとするかのように、蜜口から奥へかけて無数の突起が千隼を締めつける。

「挿入しただけでイッてくれるなんて、夏乃はほんとうにかわいいなあ」

「……っ……ぁ、あ、は……っ」

彼を咥《くわ》えこんでひくつく蜜路は、やっと果てへたどり着いた悦びと安堵に油断していた。

達したばかりだから、待ってくれるだろうと思っていたのだ。

「だけど、まだ始まったばかりだからね。もっと俺を味わって」

「！　待って、千隼さ、あ、ああッ、嘘、ダメ、ダメぇ……ッ！」

容赦なく彼の腰が打ちつけられる。絶頂に引き絞られた隘路を、張り詰めた雄槍が無理やりこじ開けていく。

「ひ、ああ、あああぁッ、や、こんな……」

「気持ちいいよ、夏乃」

「今、ダメなの、ダメぇ……！」

拒絶の言葉を口にしても、体は彼をおいしそうに咥えこんでいる。奥深く穿たれるたび、脳まで衝撃が伝わってきた。

「ほら、ちゃんとお尻上げて？　もっといっぱい突いてあげるからね」

「んんっ……、ちは、やさ……あ、あっ、気持ちぃ……っ」

「俺もだよ。夏乃の中、いっぱい感じてやわらかくなってるのに、きゅうきゅう締めつけてくる」

「は、あ、あっ、あ！」

スタッカートの効いた律動に、夏乃の乳房があられもなく揺れていた。

ひどく強い突き上げに、逃げようとした体を引き寄せられる。

「あっ、イッ、イク、またイッちゃう、あっ、あああッ……！」

「いいよ。俺のでいっぱいイッてみせて」

「やあああ、イク、イクぅ……ッ！」

最奥をごりっと抉られて、夏乃は全身をこわばらせた。達している間も、千隼は動きを緩めない。それどころか、ふたりのつながる部分に透明な液体がぷしゃっ、ぴしゃっとあふれていた。

「ま……っ……あ、あ、動かない、で……」

「それはできないお願いだなあ。だって夏乃の中、こんなに俺のことを求めてくれてる」

「ひぅ、う、あああ、あッ」

枕にすがりつき、夏乃は自分が自分ではないものに作り変えられてしまう気がした。

これほどの快楽があることを、知らなかった。抱かれるというのは、ここまで自分を見失う行為だったのか。

――好き、千隼さんが好きでおかしくなりそう。

「夏乃、ほら、このままもう一度イッてみる？」

「んっ……、お願い、これ、いやぁ……」

「どうして？」

互いの腰を打ちつけ合う淫らなリズム。自分から腰を振って、それでも夏乃は嫌だと泣いた。

「見えない、から……」

「うん？」

「千隼さんの顔、見えないの、や……っ……」

刹那、子宮口に密着していた亀頭が、ひとまわり膨らんだ気がした。

「んんっ……、ダメ、これ以上大きくしないで……っ」

「夏乃が悪い。かわいすぎるせいだよ」

彼はずっぽりと夏乃を貫いたままで、強引に体を裏返す。

「ひぅ……ッ！」

「これでいい？　俺の顔、見える？」

涙で濡れた視界で、彼が前髪をかき上げた。

「ち、はやさ……」

「ほんとうは、もっとじっくり抱くつもりだったんだ。でも夏乃がかわいいせいで、俺ももう限界」

――限界……？

「じゃあ、一緒にイッて……？」

あえぎすぎてかすれた声で、夏乃は愛しい男におねだりをする。

「中に出して、いいの。いいから、お願い……」

「流されやすいのも、かわいいよ。夏乃の素直な体、俺だけのものにするね」

ずちゅん、と深く千隼が腰を打ちつけた。

「アッ！　あ、あああ、あ」

「夏乃を女にしたのは俺だけど、これからするのは『俺だけの女』にする行為だから」

彼がしようとしていることを知ってなお、体は疼きから逃れられない。いや、それを待っているのだ。彼がすべてを夏乃の中に放つのを、受け止めたい。本能で、夏乃の体は千隼の射精をうながしていた。

「ああ、千隼さん、千隼さん……っ」

「キスしようか。キスしながら、夏乃の中に出したい」

「んっ……」

互いを求める唇が、性急に重なる。舌を絡めて、相手の唾液を飲み干して。

――もう、わたしは全部千隼さんのものだから……

上も下もつながったまま、千隼が脈打つ楔で夏乃の最奥を穿つ。

子宮口にめり込んだ亀頭が、ビクビクと震えるのがわかった。

「っっ……、い、く、イク、イッちゃう、あ、あっ、あああ――ッ」

「夏乃、全部、受け止めて……」

どぴゅ、びゅく、と白濁が飛沫をあげた。

――千隼さんの、出てる。

熱い精を受け止めて、夏乃の体はベッドの上で弓のようにしなった。

左手の薬指には、彼の愛情を誓う指輪。胸元に、満月を宿して。

「愛してるよ、夏乃」

夏乃は、心も体もすべて彼のものになった自分を感じていた。

こんな幸せは、きっと人生で初めてだ。すべてが満たされている。すべてが何かなんて考えもしない。ただ、彼を愛しく思う。

「だから、もう一回」

「えっ⁉」

無事、最後の一滴まで吐き出した彼のものは、まったく力を失っていなかった。

――嘘でしょ？

「愛してるよ、夏乃」

「ま、待って、ちょっと待って！　千隼さ――あ、ああ、あっ……！」

愛されすぎた彼女の声が、客室に甘い響きを残す。

千隼の愛情を受け止めるには、一日あっても足りないことを夏乃は学んだ。

・・・・・・|・・・・・・・・・|・・・・・・

「夏乃、結婚おめでとう！」

「おめでとう、お幸せに」

チャペルを出ると、花吹雪《ふぶき》が舞う。

駆けつけてくれた友人たちの中には、尋也と理央《りお》の夫婦もいる。ハワイから来てくれた母と継父が嬉しそうに笑っていた。

「桐沢さん、おめでとうございます！」

千隼のお見合い相手だった媛名も来てくれている。

「もう桐沢さんじゃなくなっちゃったんだけどね」

小さく舌を出して笑う夏乃に、タキシード姿の千隼がうなずく。

「三雲夏乃、いい名前だと思うよ」

「そう言って、そのうちアラカミニングにも三雲ってつけるつもりじゃないでしょうね」

三雲キャリアプランニングサービスと、アラカミニング人材派遣会社は、業務提携が決まっている。融資よりもさらに魅力的な条件で、両社はこれから協力して新たな転職、キャリアアップの道を提供していく予定だ。

「俺は夏乃さえいてくれれば、ほかに何もいらないって知らないの？」

「う……、それは、その……」

結婚前から毎日毎晩愛され、尽くされ、かわいがられている身としてはさすがに知らないとも言いにくい。

「ところで、御社の社長は提携が決まってから俺のことを睨むのやめたみたいだね」

「あ、ほんとうに？　それはよかったです」

双子を連れて参列している尋也と理央を見て、千隼が目を細める。

「これからは、パパとしての先輩って呼んでみようかな。そうしたら、もっと俺に馴染《なじ》んでくれるかもしれないし」

「さすがに気が早いんじゃないですか……」

フラワーシャワーの中で、媛名が雅也《まさや》を見つけて目を輝かせる。しかし、彼の隣にはすでにパートナーがいる。雅也と同じくらいの身長の、とても美しい男性だ。そう、雅也は少し前から恋人と一緒に暮らしている。

――花房さんは、なんだか危なっかしくて目を離せない。

そんな媛名も、春からは正式にアラカミニングの社員として働くことが決まっている。

「ねえ、夏乃。もう一度、誓いのキスをしようか」

彼が軽やかに夏乃を抱きかかえる。ドレスの裾とヴェールが風を受けてふわりと膨らんだ。

「えっ、な、何言ってるんですか！」

「だって、さっきからきみは人のことばかり気にしているから。新郎である俺のことをもっと見てくれてもいいと思うんだ」

爽やかな笑顔で独占欲丸出しの千隼が、夏乃をじっと見つめてくる。

その仕草ひとつで、参列者たちが喝采《かっさい》をあげた。キスするのを待ち望んでいるのが伝わってきた。

――うう、これじゃ逃げられない。

「はかりましたね……？」

「そんなことするわけがないよ。だって俺は、夏乃を世界一愛する男だから」

「っっ……、今は、これで！」

自分から、彼の頬にキスをする。人前でくちづけをかわすだなんて、そう何度もできるほど夏乃の神経は太くない。

「うーん、嬉しいけど物足りないかな」

そう言いながらも、千隼は少し頬を赤らめていた。

「今はこのくらいでいいんです」

「だったら、このお返しは夜にさせてもらうよ」

――お返しって、何!?

「たっぷり愛するから覚悟していてね、夏乃」

彼の首に両腕で抱きついて、夏乃は幸せいっぱいに微笑む。

「もうじゅうぶん愛されてます」

「まだ足りない」

ふたりのマンションには、リビングに満月の指輪が飾られている。

遠い夏の日、初めて出会ったときからずっとこうなる運命が決まっていたのか。それはわからない。

――だけど、きっと何度出会っても、どこで出会ってもわたしは千隼さんに恋をした。

「大好きです、千隼さん」

「俺もだよ。奇遇だね。これはもしかして運命かな」

笑い合うふたりに、幸福が舞い降りる。

今日も空は青い。抜けるような青空のもと、夏乃は愛する人を抱きしめる。

そして毎日は続いていく。大好きな彼とともに――

あとがき

こんにちは、麻生《あそう》ミカリです。ヴァニラ文庫ミエルでは七冊目となる『絶対に好きになってはいけない副社長と恋人契約したら同居×溺愛されています』をお手にとっていただき、ありがとうございます。

本作は、わたしの大好きな同居ものです。そして契約恋愛ものです。さらにさらに、子どものころに出会っていた系です。好きなもの全部盛りでお送りしています、ハッピー！　千《ち》隼《はや》は家事完璧男子なので、書いていて「我が家にもほしい千隼さん」と何度も思いました。お料理じょうずの男性って魅力的ですね。

イラストをご担当くださったのは三《み》廼《つや》先生です。かわいいのに美しくて、かっこいいのに愛らしい！　個人的にショート女子愛好家として生きているので、夏乃《かの》の造形が最高に好みです。三廼先生、キャラクターたちに命を吹き込んでくださりありがとうございます。

最後になりましたが、この本を読んでくださったあなたに最大級の感謝を。

またどこかでお会いできる日を願って。それでは。

厲《れい》皐《こう》、今年最初の西瓜《すいか》を食べてご機嫌な夜に　麻生ミカリ

絶対に好きになってはいけない副社長と恋人契約したら同居×溺愛されています

Vanilla文庫 Miel

2022年6月20日　第1刷発行　　定価はカバーに表示してあります

著　作　麻生ミカリ　©MIKARI ASOU 2022

装　画　三廼

発行人　鈴木幸辰

発行所　株式会社ハーパーコリンズ・ジャパン

東京都千代田区大手町1-5-1

電話　03-6269-2883（営業）

0570-008091（読者サービス係）

印刷・製本　中央精版印刷株式会社

Printed in Japan ©K.K.HarperCollins Japan 2022 ISBN978-4-596-33315-5